너의 손을 잡고 싶은 하루

너의 손을 잡고 싶은 하루

2019년 11월 25일 초판 1쇄

글 김순덕   사진 황정순
펴낸이 김숙분   디자인 김은혜·김바라   영업·마케팅 이동호
펴낸곳 (주)도서출판 가문비   출판등록 제 300−2005−60호.
주소 (06654)서울 서초구 서운로19, 1711호(서초동, 서초월드)
전화 02)587−4244~5 팩스 02)587−4246   이메일 gamoonbee21@naver.com
홈페이지 www.gamoonbee.com   블로그 blog.naver.com/gamoonbee21/
제조국 대한민국
주의사항 종이에 베이거나 긁히지 않게 조심하세요.

ISBN 978-89-6902-237-0(03810)

© 2019 김순덕

이 도서의 국립중앙도서관 출판예정도서목록(CIP)은 서지정보유통지원시스템 홈페이지(http://seoji.nl.go.kr)와
국가자료공동목록시스템(http://www.nl.go.kr/kolisnet)에서 이용하실 수 있습니다.
(CIP제어번호: CIP2019045244)

너의 손을
잡고 싶은 하루

너의 손을 잡고 싶은 하루

나뭇잎들의 웅성거림이 심상치 않더니 비가 내립니다.

계절을 건너온 가을비를 온몸으로 느끼며 방금 내린 커피잔에 빗소리를 담았습니다.

커피를 많이 좋아하면서도 정작 커피에 대해서는 별로 알지 못한다는 생각이 문득 들었습니다. 따끈한 커피 한잔을 앞에 두고 먼저 향으로 전해오는 커피의 이야기를 들어봅니다.

그리고 손끝으로 전해오는 찻잔의 온기로 커피에게 말을 걸어봅니다.

나…

잘 살고 있지?

가끔, 시간이 나에게 자신의 의미를 물어올 때가 있었습니다.

미래에 대한 걱정과 두려운 마음이 먼저 생각을 우려낼 때면 마음의 카메라에 찍어 두었던 따뜻한 추억의 이야기를 글로 현상해서 들여다보았습니다.

기억의 저장소에는 즐겁고 행복했던 순간도 있지만 아직 비워내지 못한 묵은 감정들과 불안한 마음들이 시간의 약을 바르고 담담히 오늘의 글 속으로 손을 내밀었습니다.
　시간이 내게 내밀어준 손을 잡고 나는 치유의 글 길을 걸었습니다.

　꿈을 꾸었습니다.
　내가 나이를 먹어 어느 특별한 의미를 갖는 해에는 그동안 모아 두었던 글들을 책으로 엮으리라는 꿈.
　평범한 가정주부로 살아오면서 막연하게나마 붙들고 살아온 내 꿈.
　그 꿈이 생각보다 빨리 이루어진 것 또한 하느님께서 제게 주신 축복이라고 생각하며 깊은 감사를 드립니다.

　컴퓨터에 저장하고 있던 글들과 신문에 연재했던 글들을 모았습니다.
　아직은 책을 내는 것이 이르다 생각하는 저에게 언제나 격려와 용기를 주신 김경구 선생님께 감사드립니다. 고맙습니다. 글의 무대는 책입니다. 멋진 무대를 마련해 주신 가문비에도 감사드립니다.
　괜한 투정할 때마다 어깨를 두드리며 언제나 내편이 되어준 남편과 사랑하는 가족들.
　그리고 함께해 주신 황정순 님.
　동행해 주셔서 감사합니다.

　아직은 부족한 것이 많지만
　저는 지금 막 꽃잎을 여는 중입니다.

2019년 아름다운 가을에 김순덕

차례

chapter 1.
점점 더
짙어지다

도마 소리 • 12

선물 같은 하루 • 20

뺀질이가 사라졌다 • 24

국수가 먹고 싶다 • 31

꿀보다 물 • 36

안녕하세요 부처님 • 42

내 마음의 자전거 • 48

어머니의 고향 • 53

이야기길 속의 이야기 • 57

점점 더 짙어지다 • 61

chapter 2.
사람이
그립다는 말

냉이 향이 코끝을 스칠 때 • 66

아비가 창피하냐 • 70

김장 김치속에 담긴 정 • 78

'나 하나쯤이야'가 아니라 나부터 • 82

사람이 그립다는 말 • 86

다시 가보고 싶지 않은 나라 • 88

동요가 그립다 • 93

반갑다 친구야 • 98

발 담그기 • 102

빛바랜 봉투 • 106

chapter 3.
**꿈은
이루어진다**

반려동물 이제는 가족 • 112

사고는 순간이다 • 116

군화 세 켤레 • 121

새겨진 이름 • 126

새똥과 박 씨 • 131

꿈은 이루어진다 • 135

송년에 즈음하여 • 139

아들의 일기장 • 143

에티켓 • 147

선행의 불씨가 꺼지지 않기를 • 152

chapter 4.

**양철지붕을
두드리는
빗방울처럼**

이웃사촌 • 158

차이와 차별 • 163

포켓몬 고 • 167

일 원짜리 막걸리 • 171

호박의 변신은 무죄 • 173

어른이 사라진 사회 • 178

아픔은 이제 그만 • 183

외할머니 간장 맛은 최고 • 187

양철지붕을 두드리는 빗방울처럼 • 193

봄눈 • 199

권리금 없는 가게 • 202

귀 잘린 고양이 • 206

chapter 1.

점점 더
짙어지다

도마 소리

장맛비가 한창이다. 딱히 할 일도 없고 갈 곳도 없게 느껴지는 시간이다. 설령 갈 곳이 있고 할 일이 있다 하여도 내일로 미루고 싶은 것은 비가 내린다는 그 이유 하나만으로도 충분하다.

성기게 떨어지던 빗방울이 어느새 선명하고 굵게 내리는 발비가 되었다.

멍하니 앉아 데크 위를 힘차게 튕겨져 올라오는 빗방울을 바라보니 마음에 물보라가 일었다. 내렸다 그쳤다를 반복하며 쏟아지는 변덕스러운 빗방울처럼 하늘도 토막토막 구름에 저마다의 사연을 그려놓고 있었다.

문득 이불빨래가 하고 싶어 졌다. 비 오는 날에 이불빨래라니.

이상한 것은, 매주 수요일에는 미용실 문을 열지 않는다는 것을 알면서도 그날 왜 머리에 변화를 주고 싶은지 모르겠다. 머피의 법칙은 오늘 이렇게 비가 오는 날에 이불빨래로 심술을 부렸다.

'뻐꾹뻐꾹' 뻐꾸기시계가 요란하게 울어대며 되지도 않는 생각에서 빠져나오라고 나를 깨운다. 느릿느릿 한껏 풀어진 몸과 마음을 일으키는데, 입에서는 연신 불만스러운 단어들이 흘러나왔다.

'에휴, 또 무슨 반찬을 준비해야 하나. 대단도 하지. 일 년 삼백육십오일 세끼의 반복되는 식사 준비를 하는 우리 주부들은 위대하단 말이야. 먹는 즐거움과 씹는 즐거움이 있다고는 하지만 왜 알약 하나로 민생고를 해결하는 시대는 오지 않는지 모르겠어.'

창살처럼 내리는 빗속에 갇혀 모처럼 나름의 낭만을 오랫동안 즐기고 싶었다. 하지만 저녁식사 준비에 뺏겨 버린 나만의 시간이 아쉬워 그렇게 혼자 종알거렸다.

'그래 오늘 저녁 반찬의 메인은 감자찌개다.'

속살 하얗게 벗겨진 감자가 도마 위에 누웠다. 칼질에 부끄럼 없이 헤벌쭉 벌어지는 감자를 성급히 냄비 속으로 집어넣고 보니 이제는 쪽 뻗은 대파가 다음 동작을 기다린다.

대파가 한껏 팔 벌리고 누워도 좁지 않은 널찍한 도마를 흐뭇하게 바라보았다. 주부 경력 몇 년이던가. 능숙한 손놀림으로 쓱싹거리는 도마 소리 속으로 허락도 없이 추억 한 조각이 뛰어 들어온다.

나의 어릴 적 기상나팔소리는 목청 높여 아침을 열어주던 수탉의

'뻐꾹뻐꾹' 뻐꾸기시계가
요란하게 울어대며

되지도 않는 생각에서
빠져나오라고 나를 깨운다.

울음소리도 아니요, 창호지를 뚫고 극성스럽게 비춰 주던 아침 햇살도 아니었다. 매캐한 연기 내음 속에 구수하게 섞여 들어오는 아버지의 쇠죽 쑤는 냄새, 그 틈을 비집고 들려오는 어머니의 도마질 소리였다. 오래된 흙벽과 갈라진 구들장을 뚫고 스며드는 연기 내음에 나는 훈제 구이가 될 지경이었다. 그럴 때마다 이불을 덮어쓰고 웅크리고 누워 조금이라도 더 시간을 벌고자 애썼다.

잠자는 시간만이라도 연기가 새어 들어오지 않는 안방으로 와서 자라는 엄마의 성화도 사춘기 나에게는 먹혀들지 않았다. 오빠에게 떠밀려 혼자 방을 써 보지 못했던 까닭이다. 그래서 설령 고구마 발이 방의 반을 차지하고, 오래된 흙벽을 뚫고 연기가 꾸역꾸역 들어와도 혼자만의 공간인 창고 같은 방이 좋았던 것이다.

나무가 귀하던 그 시절에는 나무뿌리를 캔 고주박과 산등성이를 혼절하듯 뒹구는 낙엽들도 귀한 땔감이었던 것으로 기억된다.

스펀지에 스며들듯 휘감기는 연기 속으로 콩콩콩, 따다다닥, 쓰삭 쓰삭….

새벽부터 다양하게 들려오는 어머니의 도마질 소리는 나에게 깊은 안도감을 주었다.

학교에서 돌아와 책가방을 내던지기 전에 습관적으로 '엄마'부터 불렀다. 그때 어머니가 안 계시면 왠지 서운하고 허탈했다.

그 허탈감과 안도감이 교차하지 않아서 좋은 어머니의 도마 소리.

그래서일까 어머니의 도마질 소리는 잠결에서 꿈결에서 놓지 않으려는 아기의 젖병 같은 존재처럼 들려왔다.

가족을 위해 첫새벽부터 식사 준비를 하시던 어머니는 참 바쁘셨다.

아침밥을 짓기 위해 아궁이에 불도 지펴야 했고 고약한 석유 냄새 나는 곤로 위의 된장국도 신경 써야 했다. 피어오르는 따가운 연기에 눈물 흘리시며 가족을 위해 애쓰시던 어머니. 그 어머니의 도마질 소리와 함께 우리 오 남매가 무럭무럭 자랐다.

어느 가을날이었다. 넓은 마루를 뒤로 하고 쪽마루에 걸터앉아, 어머니와 나는 따뜻한 햇볕의 양분을 빨아들이고 있었다. 밭일에 쪼들린 피곤한 어머니에게 내리쬐는 햇볕이 오늘은 어머니와 함께라는 사실만으로도 행복했던 오후! 그런 어머니 곁에 누렇게 색이 바랜 책 한 권이 뒹굴고 있었다. 가끔 어머니는 그 책을 읽었다.

"엄마 내가 책 읽어 줄까요?"

"그래 난 눈이 침침해서…."

나는 알고 있었다. 가끔 책을 읽는 이유는 간신히 깨우친 한글이 익숙지 않아서이고, 짓누르는 밭일과 집안일 때문에 피곤해서라는 것을.

항상 잔 손일을 놓지 않고 움직이시던 어머니. 그날도 무언가가 들려 다듬어지고 있었다.

조금은 잘난 체하는 마음으로 나는 책을 읽어 내려갔다.

막힘없이 읽어 내려가는 딸의 책 읽는 소리에 어머니는 마냥 행복한 표정으로 가끔씩 추임새도 넣어 주었다.

"그렇지! 그게 만나고 싶어서일 게다."

"에고, 사람 사는 게 이별이 없기야 하겠냐."

어머니의 추임새에 나는 더 신이 나 또박또박 목청껏 읽어 내려갔다.

어디서 구해 오셨는지 모르겠지만 어머니가 틈만 나면 읽던 책이 아직 반도 넘어가지 못한 것이 늘 안타까웠다. 그래서 언젠가는 저 책을 읽어 드려야지 하는 갸륵한 효심이 제대로 빛을 발하는 시간이었다.

"엄마, 도마가 왜 봉당에 나와 있어요?"

책 한 권을 다 읽고 난 다음 또 다른 효심 사냥을 찾아 주변을 탐색하던 나의 눈에 띈 도마의 출현은 생뚱맞은 것이었다.

제 할 일이 다 끝나고 나면 항상 부뚜막 구석에 기대어 서 있던 도마가, 오늘은 햇볕 가득한 봉당 한편에 눕혀 있는 것이 이상했다.

"그건 말이지, 도마를 햇볕에 바짝 말려 소독하려는 거야."

가운데만 하얗게 베어지고 살짝 파인 채로 일광욕을 즐기고 있는 삼십 센티 정도의 작은 도마를 바라보며 말씀하셨다. 삶는 것만이 소독이 아니라는 것을 그때 알았다.

지금도 친정집에는 내 나이보다 더 나이를 먹은 도마가 어머니와 함께 늙어가고 있다.

세월의 때가 묻고 가운데가 움푹 파인 작은 도마가 보기 싫이 밀도가 높고 넓은 항균 도마를 사다 드렸다. 하지만 끝내 때 묻은 도마를 버리지 못하시는 내 어머니.

어머니의 도마는 우리 오 남매를 키워온 햇수만큼 사연 많게 움푹 파이고 들어가 있었다. 마치 어머니의 지나온 세월의 아픔과 기쁨만큼 모든 것에 베이고 부딪히면서 온전히 자신을 내어 준 당신과 같은 존재로 여기시나 보다.

오늘.

어머니처럼 나도 어느덧 세 아이의 어머니가 되어서 저녁식사 준비 중이다.

내일도 나는 잠든 새벽을 흔들며 깨어나 도마 소리의 아침 속으로 들어갈 것이다.

토닥토닥,

콩콩콩,

따다다닥….

두들기는 나의 도마질 소리에 사랑하는 내 아이들은 어떤 생각을 하며 이불속에서 뒹굴까?

설 깨인 잠 속에서 자장가처럼 들려오던 어머니의 도마 소리가 젖 냄새나는 향기처럼 그리운 시간이다. 이 비가 그치고 햇볕이 쨍쨍하면 나도 어머니처럼 도마를 햇볕 위에 눕힐 것이다. 그러고는 도마에 밴 냄새들을 한 줌 바람에 실어 나를 것이다.

그 옛날 어머니의 소박한 도마처럼.

선물 같은 하루

가을이 절정인 오후.

울긋불긋 색조화장을 하고 유혹하는 단풍에게 은근슬쩍 넘어가 주는 여유로 문경새재를 찾았다. 고사리 수련원으로 들어서는 입구에 늘어선 은행나무 밑에는, 신께서 나뭇잎에 노란색을 다 칠하고도 미완성이라 느꼈던지, 물감을 아예 바닥에 쏟아부은 것으로 완성을 이룬 듯했다. 새벽부터 빗방울이 살짝 비치는 흐린 날씨임에도 이곳을 찾은 것은 혹시라도 비가 오고 나면 단풍의 절정을 볼 수 없을 것 같아서였다. 염려했던 것과는 달리 다행히 비는 내리지 않았고 3 관문을 향해 오르는 등산로에는 나뭇잎 사이를 비집고 들어오는 햇살이 터널을 만들었다.

익어가는 가을만큼 빨리 떠나보내야 하는 짧은 계절에 대한 아쉬움의 눈물 인양 간간히 훌쩍이듯 여우비가 내렸지만 신경 쓸 정도는 아니었다.

문경새재의 잘 다져진 흙길은 맨발로 걸어도 참 좋다. 발바닥에 느껴지는 감각들이 익숙해져 갈 때는 자연인으로 돌아간 듯 편안했다. 머리카락을 휘날리며 수시로 변하는 날씨의 변덕을 업은 비바람이 낙엽들을 경주시키며 산책로를 가로지른다.

미친 듯 전력을 다해 굴러가는 낙엽들을 바라보던 사람들이 탄성을 질렀다.

이어서 들리는 카메라의 셔터 소리에 이 아름다운 풍경을 잡아두고 싶은 사람들의 마음이 고스란히 묻어났다. 바람에 밀려 달음박질하는 낙엽이 자유로운 것인지 그 낙엽을 밀어내는 바람이 자유로운 것인지 헷갈릴 지경이다. 바람도 바람에 밀려 달려온 것 같이 허겁지겁이 느껴졌기 때문이다.

지금 이 공간에는 오직 절정의 불타는 아름다움만이 있을 뿐이었다. 온전히 그 순간에 그냥 내가 있을 뿐이다.

주위에 선한 영향을 주며 따뜻한 마음으로 살고 싶었던 내가 정작 세상의 낮은 가치에 영향을 받고 힘들어했던 시끄러운 속이 달래어졌다.

편안한 마음으로 문경새재에서의 아름다운 가을을 가슴에 안고 돌아오는 길에 지인이 보낸 문자가 들어왔다. 저녁에 문화회관에서 열리는 공연을 보러 가자는 내용이었다.

이른 저녁 식사를 하고 충주 문화회관으로 '소리얼 필하모니 오케스트라'의 공연을 보러 갔다. 낮 시간에는 가을 풍경에 눈이 행복했었다면 저녁에는 귀를 즐겁게 해 주는 소리의 선물이 이어졌다. 연주되는 클래식 곡을 관객들이 쉽고 재미있게 이해할 수 있도록 해설하며 진행하는 지휘자와 관객과의 공감이 형성돼 더 집중이 되었다.

'역경을 헤지고 승리로'라는 부제에서 알 수 있듯 이 공연은 장애인과 비장애인의 합동무대였다. 소아마비로 다리가 불편한 테너 최승원 님의 무대는 열정적이었고 시각 장애를 가진 바이올리니스트 김종훈 님의 무대는 감동적이었다.

오케스트라 단원들과 함께 바이올린을 연주하는 그의 숨은 노고를 알아본 관객들은 뜨거운 박수를 보냈다. 그의 눈은 보이지 않았지만 그의 연주는 공연장을 뛰어다니며 이 사람 저 사람의 가슴속에서 열정적인 춤을 추었다.

모든 분들의 무대가 감동이었지만 특히 발달장애를 가진 최준 님의 피아노 연주와 국악까지 곁들인 퓨전 음악은 이색적이었다.

발달장애를 가졌지만 판소리와 피아노로 세상과 소통하는 청년!

그 모습이 가슴 찡하게 와 닿아 박수가 멈춰지지 않는 것은 장애를 이겨낸 그의 멈추지 않은 열정 때문이리라.

출연자를 소개하던 지휘자가 객석으로 던지는 질문에 자신 있게 바로 답을 알려주던 최준 님의 순수함은 목까지 꽉 채운 단추 하나를 풀어헤친 듯 여유로운 웃음을 주었다.

화려한 이력 뒤에 숨은 기교의 소리가 아닌 가슴으로 느껴지는 감동은 장애라는 한계를 극복한 그들이 아름다운 이 가을에 주는 또 다른 선물이었다.

박수가 멈춰지지 않는 것은
장애를 이겨낸 그의 멈추지 않은
열정 때문이리라.

빼질이가 사라졌다

빼질이가 며칠째 보이지 않는다. 집을 나가기에는 아직 어린 수컷이기에 사료 먹을 시간에 나타나지 않는 것이 여간 궁금하고 걱정되는 것이 아니다.

유난히 먹을 것에 집착하는 녀석이었기에 한 번도 식사 시간에 나타나지 않은 적이 없었다. 삼색이가 낳은 다섯 마리의 새끼 중에 유일하게 살아남은 녀석이었다. 눈에서는 꾀가 흐르고 손에 든 먹이를 겁도 없이 순식간에 가로챌 정도로 당찼으며 당돌하기까지 하였다.

흠뻑 정이 들었을 때 어느 날 갑자기 사라지는 길고양이들이 서운하여 다시는 이름을 지어 주지 않기로 마음먹었다. 그런데도 며칠 전 빼질이에게 또다시 이름을 지어 준 것은 녀석의 삶에 대한 강한 애착에 연민의 정이 느껴졌기 때문이다.

아파트에서 주택으로 이사 온 지 얼마 되지 않아 넉살 좋게 다가

오는 길고양이 한 마리가 있었다. 내가 본 길고양이들은 사람이 가까이 가면 경계하며 도망가는 것이 예사였다. 그런데 이놈은 스스로 다가와 스윽 자신의 냄새를 묻혀가며 비비적대고 도망도 가지 않았다. 고양이를 좋아하지 않았던 나로서는 녀석의 행동을 소스라치게 거부하였지만 녀석은 매일매일 드나들며 나를 세뇌시켰다. 저에게 해코지를 하지 않는다는 것을 알았는지 어느 날 새끼 세 마리를 물고 들어왔다. 수컷 두 마리에 암컷 한 마리였다. 마치 길고양이에게 집사로서의 자격을 시험당한 기분이었다.

털이 복슬복슬한 고양이 세 마리는 나의 경직된 마음을 누그러뜨렸다. 두려움과 호기심이 가득 찬 눈으로 나를 빤히 쳐다본다. 그 조그만 눈 속에 내가 쪼그리고 앉아 있다.

손안에 쏙 들어오는 작은 체구도, 발버둥 치며 발톱을 드러내는 모습도, 작은 입 속에서 터져 나오는 '야옹' 소리도 모두 귀여웠다.

틈만 나면 뒤란으로 달려가 호기심 가득 안고 녀석들이 커가는 귀여운 모습을 지켜보았다.

자라면서 곁을 주지 않는 수컷들과는 달리 사람에게 조금씩 다가오는 암컷에게 부르기 쉬운 '야옹이'라는 이름을 지어 주었다. 그러고 수컷 두 마리에게는 그보다 훨씬 늦게, 신뢰와 교감이 이루어진 다음 '묘운이'와 '안심이'라는 이름이 붙여 줬다. 자연스럽게 우리의 생활 안으로 들어온 고양이들. 이름을 지어 주고 나니 그 녀석들에게 더 각별한 마음이 생겼다.

그러나 마음 한편에서는 반려 동물을 들인다는 것은 책임이 따르는 것이라 나와는 상관없는 아이들이라고 선을 그었다.

그냥 나는 착한 집사로서 먹이를 챙겨 주는 것으로 '묘연'을 대신하였다. 녀석들은 내 집이 제 집 인양 하루의 절반 이상을 머물렀다.

태생이 길고양이인 녀석들은 가끔 마음 아픈 모습으로 돌아오기도 했다. 갑자기 다리를 절뚝이거나, 혹은 사람에게 붙잡혔었는지 수염이 잘린 모습으로 나타났다. 그럴 때면 속상하고 안쓰럽기가 이를 데 없었다.

고양이의 수염은 균형을 잡거나 공간을 가늠할 때 실용적으로 사용된다. 안테나 같은 역할을 하는 수염이 고양이에게는 자존심이기도 한 것이다. 사람을 두려워하지 않는 것이 내 책임인 것 같아 미안한 마음도 들었다.

그렇게 자란 아기 야옹이가 첫 새끼를 낳던 날은 몹시 놀라 당황스러웠다. 새끼를 밴 배가 힘겨워 보이는 야옹이에게 한 말을 알아듣기라도 한 것일까.

"에구, 우리 야옹이가 아기를 가졌구나. 야옹아, 힘들게 다른 곳에서 새끼 낳지 말고 여기서 새끼를 낳으렴. 그러면 잘 키워 줄게."

안쓰러운 마음에 건넨 말을 기억하기라도 했는지 내 앞에서 새끼를 떨구는 야옹이를 위해 부랴부랴 산실을 만들어 주었다. 생명을 가진 것이기에 외면하기 힘들기도 했고 그만큼 야옹이가 나를 믿어 주었다는 것에 책임감이 생겼던 것이다.

"살다 보니 고양이 산간을 다 해 보네."

놀란 가슴을 진정시키고 수시로 들여다보며 정성을 다해 보살펴 주었다. 그러나 일주일 후 새끼를 다른 곳으로 옮겼을 때는 고양이의 습성이라지만 무척 서운했다.

나름 정성을 다해 보살펴 주었는데 무엇이 서운해서 옮겼을까 생각하니 한편으로는 괘씸하기도 했다. 그것이 그들의 습성이라는 것을 이해하기 전 까지는….

그렇게 물어오고 물어나가고를 반복하며 야옹이의 새끼 고양이들은 무럭무럭 자랐다.

야옹이 새끼들이 자라서 새끼를 낳고, 영역 싸움에서 밀린 수컷들은 자리를 떠나고, 또 새끼들이 태어나고….

행여나
다시 들러 주기라도 한다면
너무 반가울 것 같은데
여태껏 한 번도 보지 못했다.

고양이는 한 해에 새끼를 세 번 낳을 수 있다는 게 이제는 지겹기까지 하였다.

고양이의 수가 많을 때는 열다섯 마리까지도 왔다 갔다 했다.

마루, 예삐, 똘똘이, 냥이, 검둥이 등 이름을 붙여 준 길고양이들이 열 손가락을 넘었다.

그중에서도 지금은 떠나고 없는 똘똘이는 마치 집고양이처럼 '개냥이'라는 별명이 붙을 정도로 나를 잘 따르고 골골 송을 부르며 애교를 부렸다. 생김새도 수컷 중에서 몸집이 제법 크고 털도 반지르르 윤기가 흐르며 순하기까지 하였다. 잘생긴 똘똘이는 야옹이 다음으로 유난히 정이 많이 갔던 녀석이었다.

평화롭게만 보였던 우리 집을 두고 치열한 영역싸움이 있었다. 밤낮으로 시끄럽게 데크 위로 아래로 뛰어다니며 영역을 지키려던 똘똘이는 새롭게 나타난 수컷과의 싸움에서 밀렸는지 어느 날부터 모습이 보이지 않았다.

기다렸다.

행여나 다시 들러 주기라도 한다면 너무 반가울 것 같은데 여태껏 한 번도 보지 못했다.

그때부터 고양이에게 이름을 지어 주는 짓 따위는 하지 않겠다고 다짐했다. 예외란 것이 있듯 빼질이에게 이름을 붙여 주자마자 사라진 것이다.

이제 추운 겨울이 다가온다. 길고양이들에게는 힘든 나날이 될 것이다. 아직 어린 빼질이가 어디에서 또 어떤 이름으로 살아갈지 모르겠지만 건강하게 잘 살아 주어 지나가는 길에라도 한번 들렀으면 좋겠다.

오늘도 주차상까지 마중 나온 서 한결같은 야옹이처럼….

국수가 먹고 싶다

점심때 콩국수 먹으러 오라는 지인의 문자를 받았다. 번개 모임이다.

무더위가 기승을 부려서인지 입맛 없는 날 시원한 콩국수는 단백질 보충도 할 수 있고 여름날 먹기에 딱 좋은 음식이다.

콩국수의 콩은 빠르게 삶아 내지 않으면 비린내가 나거나 메주 냄새가 나기 때문에 삶는 것도 은근히 까다롭다. 그래서인지 콩국수를 좋아는 하지만 즐겨 먹지는 못하였다.

겉절이 김치를 가운데 두고 한상 가득 모인 반가운 얼굴들과의 담소가 콩 국물 속에 구수하게 녹아내린다.

불현듯 어느 자리에선가 시 낭송가가 들려주었던 이상국 시인의 '국수가 먹고 싶다'라는 시가 생각났다. 뒷모습이 허전한 우리들의 모습 속에서도 위안처럼 들려오던 국수가 먹고 싶다는 외침. 가슴

먹먹하게 메아리치듯 울렸던 시를 검색했다.

시인의 표현대로 지금 세상은 큰 잔칫집 같은 형국으로 돌아가고 있지만 실상은 다르다. 늘 울고 싶은 사람들이 적지 않기 때문이다. 어느 시대, 어떤 상황에서도 삶이 눈물 나게 아픈 사람들은 있다. 시인이 그것을 깊이 이해하고 연민과 공감으로 쓴 '국수가 먹고 싶다'를 즉석에서 낭독해 주었다.

시를 통해 자신의 삶을 새롭게 돌아보는 지인들의 대화가 다시 이어졌다.

가늘고 긴 모양으로 인하여 장수를 상징하는 국수를 생일에 먹지 못하면 뭔가 마무리를 덜한 느낌이 든다는 누군가의 말에 공감의 박수도 터져 나왔다.

국수를 먹으면서 시를 듣고 있자니 마치 고급문화를 접한 기분이라며 호들갑을 떨던 친구는 모두에게서 콩 국물처럼 구수한 웃음을 만들어 냈다.

어린 시절, 내가 추억하는 국수는 국수공장 앞에 무명 기저귀 빨래처럼 하얗게 널려 있던 풍경이다. 주인 몰래 손을 뻗어 훑어보던 국수는 호기심을 가졌던 만큼의 만족스러운 감촉은 아니었다. 그때는 아무 생각 없이 바라보던 국수 가락들이 지금 생각하면 비위생적

일 수 있겠으나 요즘처럼 미세먼지나 매연 등 공해가 심하지 않았음에 용서할 수 있겠다.

기계 속에서 빠져나온 균일한 굵기의 국수가 있다면 안반 위에서 홍두깨의 춤사위에 따라서 두께가 다른 손칼국수도 있다.

"우리 사위는 다른 거 다 필요 없이 잘 먹는 나물과 좋아하는 칼국수를 밀어 주면 최고라고 하니 언제 어느 때 오더라도 백년손님 대접이 하나도 힘들지 않구나."

사위 사랑은 장모라고 했다. 어머니는 남편의 기대를 저버리지 않고 어김없이 콩가루가 듬뿍 들어간 손칼국수가 등장시켰다.

반죽의 점도에 따라 홍두깨에 가해지는 힘이 달라졌다. 안반 위에서 가해지는 홍두깨의 강약에 따라 그 모양과 국수 맛도 달라졌다. 칼질은 또 어떠한가. 안반 위에 서로를 포개 안고 쓱싹쓱싹 리듬 따라 균일하게 썰어지는 칼질에 시선을 뺏기면, 나도 모르게 몸이 따라 움직여지곤 했다.

"초등학교 6학년 때, 시집간 큰 언니네 집에서 처음 손국수를 밀어 보았는데 완전 걸레를 만들었지. 찢어지고 구멍 나고 땜빵하고…. 하하하."

그때의 실패가 있었기에 지금은 손칼국수 만드는데 자신이 있지만 번잡스러운 준비 과정에 그냥 나가서 한 그릇 사 먹게 되는 것이

현실이다.

아련한 추억들이 국수 가락처럼 길게 길게 늘어진 담소가 끝없이 이어졌다.

국수와 시를 만나고 한 끼 식사에 감사한 마음으로 돌아오는 길에는 한 병 가득 담긴 고소하고 진한 콩 국물이 손끝에서 춤을 추었다.

어느 시대, 어떤 상황에서도

삶이 눈물 나게

아픈 사람들은 있다.

꿀보다 물

화사한 꽃 분홍으로 봄 인사를 건네는 꽃잔디와 눈을 맞추고 있을 때 핸드폰 화면에 중학교 동창의 전화번호가 뜬다.

순간 반가운 마음과 함께 '아들이 장가를 가나?'라는 생각이 스쳤다. 예감대로 큰아들의 혼사를 알리는 들뜬 그녀의 목소리가 한참의 수다를 몰고 왔다가 수화기 너머로 사라졌다.

며칠 전에도 집안의 큰일 때나 만나는 이종사촌 오빠가, 주소를 물어오면서 던져놓은 청첩장이 예약된 상태다. 겨울을 걸어온 봄이 꽃으로 피는 계절. 그러고 보니 봄은 꽃소식과 함께 청첩장으로 먼저 날아들었다.

결혼 소식이 들릴 때마다 잊지 않고 생각나는 일이 있다.

아래로 일곱 살 차이인 남동생이, 결혼을 앞둔 어느 날 올케 될 사람과 방문했다. 잔치를 앞두고 긴장이 되었는지 보약 한 첩을 먹고 싶다고 했다. 누나가 사는 도시 안에 용한 한약방이 있으니 시간 나면 한번 들르라고 한 말을 기억하고 있었던 것이다.

시내 한복판이지만 허름한 건물의 미닫이문을 열고 한약방에 들어섰다. 햇볕이 들지 않는 약방 한쪽에 연세가 지긋하신 한복 차림의 약사분이 약재를 다듬고 있었다. 고갯짓으로 가리키는 가게 한편에 딸린 온돌방으로 안내를 받고, 낯선 공간을 눈에 익히며 자리에 앉았다. 은은하게 풍기는 한약재 냄새로 마음이 차분해졌다.

손님이 왔다는 것을 잊은 것인지 한참을 당신이 하는 일에만 몰두하는 약사를 기다릴 수밖에 없었다.

지루한 마음이 살짝 들 즈음 천천히 들어와 맞은편 자리에 앉아 우리를 바라보았다.

'누가 먹을 약을 지으러 온 것이오?'라는 질문을 눈으로 먼저 건넸다.

"이쪽은 제 동생입니다. 결혼을 앞두고 있는데 몸이 허한 것 같아 한약을 먹고 싶다고 해 제가 오라고 했어요. 이곳 한약방이 유명하다고 주변에서 들었거든요. 먼 곳에서 일부러 왔으니 잘 부탁드립니다."

고개를 끄덕이며 약사는 동생을 앞으로 당겨 앉으라고 하고서는 팔을 내어 달라고 하였다.

마하트마 간디는 '겁쟁이는 사랑을 드러낼 능력이 없다.
사랑은 용기 있는 자의 특권이다'라고 했다.

한쪽 팔을 맥 짚는데 내어 준 동생이 몸 상태를 설명했다. 약사는 그 모습을 그윽이 바라보았다. 특별히 아픈 곳은 없느냐는 질문에 동생은 그렇다고 고개를 끄덕였다.

"옆에 같이 온 처자는 누구? 결혼할 사람인가요?"

"예. 결혼할 사람과 같이 왔습니다."

약사의 질문에 대답하는 남동생을 바라보니 대견하기도 하고 왠지 모르게 누나로서 마음이 짠해왔다. 어머니의 연세가 40이 넘어서 낳은 막내라서 형제들이 십시일반 자식처럼 보살피며 키운 동생이었다. 예전에는 조카와 삼촌이 같이 크기도 했던 집들이 많았던 것처럼 큰 언니 하고는 부모 자식 같은 터울이 났다.

여든을 바라보고 계신다는 약사 어른은 결혼을 축하한다는 말씀과 함께 덕담을 해 주셨다.

"신혼은 꿀맛이라고 하지요. 당장은 꿀이 좋겠지만 꿀보다는 물처럼 사시게나. 꿀은 달지만 오래 먹을 수도 없고 질리기도 하지, 그러나 물은 모든 생명의 근원이기도 하거니와 없으면 살아가지 못하는 것이지요. 그리고 부부싸움은 흔히 칼로 물 베기라고 하는 것도 물은 꿰맨 자국 없이 한데 합쳐지기 때문이라오."

연세가 있으신 분이 찬찬히 눈을 마주하며 설득력 있게 이야기하는 모습은 듣는 이에게 거부할 수 없는 진리로 다가왔다.

마음을 다해 예비부부에게 좋은 말씀을 해 주시던 약사 어른이 무척 고마웠다.

누나인 내가 하고 싶었던 말을 대신해 주시니 보약보다도 더 큰 수확을 얻은 것 같았다.

그러고 보니 지루하다 느낄 즈음까지 기다리게 한 것은 급하게 달려온 몸과 마음을 차분하게 다스릴 수 있는 시간을 준 것이다. 충분히 안정을 취한 다음 맥을 집어야 심장의 박동과 호흡의 직동 상태를 정확히 검진할 수 있기 때문이다.

기다리는 시간도 진료의 한 부분이었음을 뒤늦게 깨달았다.

덕담이 때로는 평생을 함께 가는 보약 같은 존재로 옆에서 동행하기도 하거니와 평생의 지침서가 되기도 한다. 마치 개개인이 가지고 있는 나름대로의 좌우명과 같은 것이다.

최근 결혼에 대한 인식이 많이 달라지고 있다. 전반적인 경기 침체와 사회 불안으로 인해 청년층의 취업과 고용률은 갈수록 낮아지고, 당연히 해야 할 결혼이 지금은 선택이라는 시선들이 더 설득력을 얻고 있다. 이러한 현실에 결혼의 문 앞에서 젊은 세대들은 독신으로 돌아서고 그것을 지켜보는 부모들은 걱정이 많다.

결혼을 잘하면 그 어떤 성공보다 더 큰 행복이 따라오고 잘못하면

곤경에 처하게 되기도 하지만, 서로 이해하고 존중하며 산다면 온전한 내편이 생기는 것이다. 결혼한 부부들이 넉넉하거나 여러 가지 조건이 충족되어서 함께 하는 것은 아니기 때문이다.

마하트마 간디는 '겁쟁이는 사랑을 드러낼 능력이 없다. 사랑은 용기 있는 자의 특권이다'라고 했다. 비록 사회나 환경이 우리에게 녹록지 않지만 결혼 생활을 어디서 어떻게 하느냐 보다는, 평생을 함께하고 싶은 사랑하는 이가 있다면 바늘과 실처럼 삶의 고통을 의미로 엮어보면 어떨까.

안녕하세요 부처님

새벽에 체육관에서 동호인들과 배드민턴을 지고 헬스장에 들러 땀으로 젖은 몸을 씻고 왔다. 주택으로 이사 온 뒤로는 집에서 샤워하기가 아파트만큼 편하지 않아 저렴한 헬스장을 이용 중이다.

아침 식사를 끝내고 커피 한 잔까지 하고 나니 어느새 열 시가 넘어 있었다. TV 채널 구석구석 탐색을 끝낸 리모컨이 긴 소파와 한몸이 된 남편의 손에서 내려오지를 않는다. 이러다간 오늘 하루도 무의미하게 지나갈 것 같아 슬쩍 짜증이 났다.

쉬는 것도 근무의 연장이라는 자기만의 논리를 들이대며 소파와 일심동체가 되어 버린 남편을 일으켜 세우며 드라이브를 제안했다.

"드라이브하기에는 너무 추운 날씨가 아닌가 싶소이다만 당신이 원한다면 들어줄 용의는 있소. 어디로 가 볼 계획이오?"

큰 인심 쓰듯이 말하는 남편에게 며칠 전부터 꼭 가 보고 싶었던 괴산의 공림사가 목적지라고 하였다. 고개를 갸우뚱거리지만 호기심을 제대로 자극하였는지 함께 하겠다고 한다.

공림사는 지난해 가을이 한발 한발 다가오는 계절에 이종 사촌의 안내로 처음 알게 된 곳이다. 유명한 사찰이라고는 했지만 나로서는 처음 들어보는 이름이었다.

별 기대 없이 따라나섰는데 주차장에 들어서는 순간 천년 고찰의 편안함과 운치가 예사롭지 않게 느껴졌다. 신라 경문왕 때 자정 선사가 창건하였고 1407년에 자복 사찰로 지정된 곳이라고 한다. 자복 사찰이란 국가의 번영과 왕실의 안녕을 기원하고 명복을 빌기 위한 목적으로 만들어진 사찰 또는 그렇게 된 사찰을 말한다. 낙영산의 절경 중 희고 큰 바위는 운동으로 잘 다져진 남정네의 단단한 근육처럼 보였다. 병풍처럼 서서 절을 품어 주는 낙영산의 풍경과 천년의 고목 느티나무가 인상에 남았다.

좋은 곳을 보거나 맛있는 음식을 먹고 나면 사랑하는 사람들과 함께 나누고픈 마음이 든다. 그날 경내를 거닐면서 계절이 변할 때마다 이 아름다운 풍경을 함께 할 사람들을 머릿속에 그려 보았었다. 그 첫 번째가 남편과의 동행이 된 것이다.

공림사를 찾아가는 가로수 길에는 아낌없이 벗은 벚나무들이 즐비해 있었다. 이 겨울을 당당하게 맞서고 나서 봄이 오면 제일 먼저 신작로 길에 꽃비를 내릴 것을 준비하는 벚나무.

화사한 벚꽃이 흐드러지게 흩날리는 모습이 기대되었다. 마음은 벌써 바람에 업힌 벚꽃잎이 새색시처럼 사뿐히 내려앉는 풍경 속을 달리고 있었다.

공림사 주차장에 들어서자 남편은 탄성을 지르며 튕겨지듯 차에서 내렸다. '같은 감성을 가지고 있어 부부로 잘 살아가나 보다'라는 생각을 하며 남편 뒤를 따라 걷는다.

역사에 관심이 많은 남편은 공림사의 유래와 연혁을 꼼꼼하게 읽어가며 간간히 쉬운 한자는 나에게 읽어 보라고 하였다. 간혹 더듬거리며 읽거나 행여 틀리기라도 하면 아주 재미있다는 듯 웃는다. 나를 놀리는 놀이 방법 중의 하나이지만 그리 밉지는 않다.

일부러 어정쩡하게 대답하기도 하는 나의 깊은 속을 알기나 하는지….

종무소 뒤편에 보호수로 지정된 고목 느티나무는 나무의 거대한 밑동이 말해주듯 모진 풍파를 견뎌낸 천년의 나이를 말해주고 있었다.

수령 천년이 넘은 공림사의 느티나무는 고된 세월을 이겨낸 이 지역의 역사를 말해주는 귀한 자산이다. 마치 비틀어진 관절처럼 울퉁불퉁한 모습은 많은 사연을 안고 있는 것 같아 안쓰럽기도 했다. 늙는다는 것은 무엇이건 자기 연민의 안쓰러움이 동반되는가 보다.

이종사촌이랑 왔을 때는 푸릇한 느티나무 나뭇잎들의 아우성을 들을 수 있었는데 지금은 바람에 부서져 날아오는 겨울 낙엽 소리만 들린다.

대웅전 문을 열고 부처님께 꾸벅 인사를 드렸다

"부처님 안녕하세요. 조용히 돌아보고 가겠습니다."

불자는 아니지만 절에 왔으니 그곳의 최고 어른인 부처님께 인사를 드리는 것이 예의라고 생각해 꾸벅 인사를 드렸다. 그러고는 옆에 있는 관음전의 관음보살님께도 인사를 드렸다.

어려서 어머니를 따라 단양에 있는 절에 간 기억이 있다. 덜컹거리는 버스에서 내려 비포장 길을 먼지 냄새를 안고 다리가 아플 정도로 걸었다. 절의 이름도 기억나지 않고 종파도 모르겠지만 절이 멀리 있지 않음을 알 수 있었던 것은 매운 향냄새가 먼저 마중을 나왔기 때문이다. 어린 나는 향냄새가 무섭기까지 하였다. 그나마 참을 수 있었던 것은 어머니가 옆에 있다는 안도감 때문이었다. 어머니가 주지 스님과 이야기를 나누는 동안 호기심에 이곳저곳 들여다

마음은 벌써 바람에 업힌 벚꽃잎이 새색시처럼
사뿐히 내려앉는 풍경 속을 달리고 있었다.

본 법당 안은 왜 또 그리 무서웠던지….

목이 자라처럼 움츠러들었다.

공림사를 다녀온 그날 밤 꿈을 꾸었다. 사방이 어두운 가운데 찰랑찰랑 검푸른 물속에 관음보살님이 나타나 손을 흔들고 유유히 사라졌다. 뒤이어 부처님이 인자로운 눈으로 미소를 머금은 채 손을 흔들었다.

아마도 두 분이 낮에 내가 드린 인사를 제대로 받으셨나 보다.

내 마음의 자전거

가을 냄새가 짙게 느껴지는 날이면 추억의 꽃길이 마음자리에 펼쳐진다.

가을이 번진 하늘에 고추잠자리가 뱅뱅 돌고 있던 어느 날, 겁 많은 나를 위해 아버지 대신 오빠가 자전거 뒤꽁무니를 잡아 주며 자전거 타는 방법을 알려 주었다. 평소에 자전거 배우기를 소망하였던 여동생을 위해 오빠가 큰 인심을 쓴 것이다.

오빠가 평소에 까칠해 무섭기도 했지만 제일 좋아하기도 하였다. 툴툴거리면서도 내가 갖고 싶은 것을 제일 먼저 구해다 주고 잘 데리고 다니기도 하였기 때문이다.

자전거를 타고 싶은 마음은 진즉에 있었다. 앞집에 살고 있는 미자가 능숙하게 자전거를 타고 단발머리를 휘날리며 바람을 가르는 모습이 부러웠기 때문이다. 키가 작아 자전거에 앉기도 힘들다는 내게 오빠가 먼저 시범을 보였다.

한쪽 발로 페달을 살짝 굴리다 가속이 붙으려는 찰나 살며시 반대쪽 다리를 치켜들며 올라타면 된다고 하였지만, 갑자기 다리가 길어지거나 자전거의 키가 작아지지 않는 한 내게는 어려운 일이었다. 몇 번 넘어질 것 같은 위기를 넘기고 조금 자신감이 붙기 시작하여 안장에 혼자 앉았다.

"오빠 절대로 손을 놓으면 안 돼. 알았지? 절대로!"

그렇게 다짐하고 페달을 밟았다. 달리면서도 입에서는 연신 뒤에 있는 오빠의 목소리를 다급하게 부르며 확인해야 안심이 됐다.

"오빠! 오빠!"

"오빠 여기 있어. 걱정하지 말고 중심이나 잘 잡아."

자전거가 넘어지면 작은 나를 사정없이 짓누를 것 같은 공포가 엄습하였다. 엉덩이를 이쪽저쪽으로 심하게 움직이며 간신히 앞으로 나아갈 즈음.

"잘 탄다."

바로 뒤에서 들려야 할 오빠의 목소리가 메아리처럼 멀리서 들렸다. 놀라고 당황하여 뒤를 돌아보는 순간 몸의 균형을 잃은 나는 논두렁 깊숙이 패대기를 당했다. 나는 오빠의 배신이 서러워 엉엉 울었다.

멋쩍고 미안한 마음이 들었던지 오빠는 자전거 뒤에 나를 태우고

코스모스 물결이 치는 비포장 신작로를 달려 주었다. 길가에 늘어선 코스모스 물결은 한들한들 몸을 흔들고 자전거 뒷바퀴에 묻어오는 먼지 냄새와 싫지 않은 오빠의 내음을 실은 자전거는 노력한 만큼 정직하게 앞으로 나아갔다. 달려가는 자전거 위에서 바라본 하늘의 흰 구름은 마치 솜사탕 같았다. 어느새 나는 넘어진 아픔을 잊고 파란 하늘을 보며 즐기고 있었다. 어느 정도 달래졌다고 생각이 들었는지 오빠는 다시 자전거 타기를 시작하자고 하였다.

"싫어, 넘어지는 거 무섭단 말이야. 너무 무서워서 더 이상은 자전거 안 탈 거야."

"자전거는 넘어지면서 배우는 거야."

하지만 오빠의 위로는 결국 나를 설득하지 못했다.

가끔은 자전거 타는 뒷모습이 유난히 예쁜 친구를 바라볼 때마다 자전거를 배우지 못한 것이 후회될 때도 있다. 그러나 부러운 마음만 있을 뿐 자전거를 다시 배우겠다는 마음은 딱히 들지 않는다. 지금은 내가 운전을 하기 때문이다.

자전거라는 교통수단은 연인들과도 잘 어울리는 것 같다. 사랑하는 연인을 자전거 뒤에 태우고 달리는 모습이라든지, 가을 코스모스 꽃물결이 치는 길에 자전거를 끌고 걸어가는 장면은 마치 한 폭의 수채화처럼 아름답게 느껴진다.

그 옛날 오빠와 나의 모습도 그러하였을까.

아버지들이 가장 잊을 수 없는 순간 중의 하나는, 아이가 자전거 보조바퀴를 빼고 혼자 타고 나갈 때라고 한다. 나는 오빠에게 그런 모습을 보여주진 못하였지만 가을이 되고 코스모스 꽃이 피면 내 마음속에 세워둔 자전거의 페달을 밟으며 추억 속으로 달려가 본다.

어머니의 고향

외할머니의 기일이 돌아오는 이맘때쯤이면 어머니는 깊은 속앓이를 하신다.

아들이 없이 대代가 끊긴 것이 서러워 요즘 시대에 걸맞지 않는 푸념으로 마음고생을 하신다. 자신이 딸이어서 외할머니의 제사를 제대로 모시지 못한다고 생각하는 것이다.

아흔아홉에 돌아가신 외할머니가 백 살을 채우지 못하신 것도 한恨이라며 훌쩍이신다.

마음도 가라앉히실 겸, 언니와 함께 어머니를 모시고, 고향에 다녀오기로 했다.

나 또한 처음 가 보는 어머니의 고향에 묘한 궁금증이 일었다.

소풍을 떠나는 것처럼 들뜬 나와는 다르게 어머니는 외할머니의 산소에 오를 것을 걱정하고 계셨다. 여든다섯 살의 연로하신 몸에 산소까지 오르는 것은 무리이니 오늘은 엄마가 살던 고향을 둘러보는 것으로 마무리하자고 설득하였다. 어머니의 고향에는 외할머니 뿐 아니라 어머니의 증조부까지 묻혀 계신다고 했다.

차에서 내리자마자 어머니는 이름 모를 들꽃 앞으로 달려가 눈도 장을 찍는다.

자신을 들여다보고 있음을 눈치챈 들꽃이 어머니의 눈 속에서 피어오를 때 요란한 총소리가 산골짜기를 뒤흔들었다.

'들판에 곡식이 익어갈 때 찾아온 참새를 보내야만 하는 슬픈 운명'을 노래하던 허수아비는 실직을 당하고 요즘은 새를 쫓다가 사람이 기절초풍할 총소리가 대세였다.

어머니가 열여섯 살까지 자랐다는 집터에 집을 짓고 사시는 분은, 설치해둔 총소리에 놀라는 우리들의 모습에 미안한 듯 수수밭을 가리켰다.

옹골차게 들어선 붉은 수수를 새들에게서 지켜내기 위해선 어쩔 수 없는 선택이라고 했다.

집터에는 꼭 집이 들어선다고 했던가. 어머니가 살던 집터에는 충남이 고향이라는 분이 터를 잡아 살고 있었다. 산으로 둘러싸인 골짜기에 농로를 닦아 간신히 차 한 대가 다닐 수 있는 불편한 곳이지만 한 가구라도 사람이 살고 있다는 것에 감사한 마음이 들었다.

언제나 소녀 감성을 가지고 계시는 어머니는 당시의 열여섯 살로

쉴 사이 없이 이어지는
어머니의 추억 찾기가
애잔하게 내 가슴에 머물렀다.

돌아간 듯 사뿐사뿐 개울가로 내려가 입을 축이셨다.

첩첩산중 골짜기에 공비들이 내려와 밥을 해 먹는 장소로 이용될 수 있어 정부에서 가족들을 강제 퇴거시켰다는 어머니의 고향!

"참 희한하지? 여기에 외양간, 방간, 화장실 두 개, 장독대, 마당까지 있었는데 어째 그리 좁다냐?"

살고 있을 때는 그렇게도 넓어 보였던 집터가 왜 이렇게 작으냐고 하시며 고개를 갸웃거리셨다. 지금 그림으로 그려도 다 그릴 수 있다고 하시며 당신의 총명함을 자랑하시는 어머니의 기억은 끝이 없었다.

고향 여행에서 어머니는 무엇을 찾으셨을까?

쉴 사이 없이 이어지는 어머니의 추억 찾기가 애잔하게 내 가슴에 머물렀다.

이야기길 속의 이야기

충주시 지현동의 '사과나무 이야기길'을 탐방하기 위해 근처에 있는 초등학교 학생 180여 명이 주중에 온다는 연락을 받았다. 그동안 벽화 보수작업도 있었고 해서 미리 살펴볼 겸 재능기부를 해 주실 분과 함께 돌아보기로 했다.

테마가 있는 '사랑이 꽃피는 계단'을 오르려 할 때였다.

"도와주세요. 살려 주세요."

신발이 벗겨진 채로 다급하게 손을 내밀며 도움을 청하는 여자가 뛰어왔다. 그 여자 뒤로 한 남자가 뒤따랐다. 갑작스러운 상황에 놀라 여자를 등 뒤로 세우며 남자에게 물었다.

"왜 그러시죠? 누구세요?"

남편이라고 대답하는 남자와는 달리 눈물이 그렁그렁한 여인은 아니라며 도리질을 한다.

황당하고 당황스러운 가운데 약간의 불안감이 스쳤다. 여자들끼리 감당하기에는 다음 상황이 어떻게 돌아갈지 몰라 마침 지나가는 차를 무조건 세웠다.

다행히 자동차는 멈춰 주었고 차창을 내린 남자 운전기사에게 상황설명을 하였다. 그러는 사이 뒤쫓던 남자는 멋쩍은 듯 돌아섰고 경찰에 신고를 원하느냐는 질문에 고개를 끄덕이는 피해 여성을 대신해 신고를 해 주었다.

경찰을 기다리는 동안 그녀의 모습을 찬찬히 바라보며 관계를 물으니 헤어진 옛 남자 친구라고 한다. 삼십 대 초반쯤 보이는 그녀는 근처 원룸에 살고 있는데 아침에 퇴근을 하고 보니 유리창문을 깨고 남자가 들어와 있더라는 것이다.

다툼이 있었고 목을 조르기까지 하였다는 것이다. 목 주변에 빨갛게 손자국이 남아 있었다. 매스컴에서만 듣던 데이트 폭력을 현장에서 보고 나니 씁쓸한 기분이 들었다. 잠시 뒤 출동한 경찰에게 여자를 인계하였다. 가던 길을 멈추고 도움을 준 운전기사에겐 끝까지 함께 해 주신 것에 대한 감사 인사를 전했다. 이제 가셔도 된다고 하니 경기도 구리시에서 '사과나무 이야기길'을 찾아왔다며 그곳이 어디냐고 묻는다. 이런 기막힌 타이밍이 있을 수 있을까?

인터넷에서 검색하여 일부러 찾아왔다는 부부에게 내가 벽화 해설사임을 밝혔다.

어차피 새로 보수된 벽화를 둘러볼 참이었으므로 부부와 함께 동행을 하게 되었다.

사과나무 이야기길에 그려진 벽화를 해설해 주며 사진이 예쁘게 나오는 길도 안내해 주었다. 착한 일을 하였더니 이렇게 복을 받는다며 부부는 연신 즐거워하였다. 벽화 꾸미기에 참가한 충주 작가들의 애향심이 만들어낸 사과빛동산, 사과마음길, 글길, 재즈길, 꽃길 등을 안내해 주었다. 아울러 고장의 볼거리도 소개하고 둘러볼 것을 권하니 관심 있게 경청하는 모습에 보람이 있었다.

벽화 골목길을 걷다 보니 시끌벅적하게 김장 김치를 버무리고 있는 집을 지나게 되었다.

가벼운 목례로 인사를 나누며 지나치려 하는데 주인아저씨께서 발길을 잡는다. 주말을 맞아 온 가족이 모여 김장을 하고 있으니 따뜻한 수육에 막걸리 한 잔 하고 가라고 하신다.

사양하였지만 이미 김치 한 사발에 따끈한 수육의 상차림이 이뤄지고 있었다.

김장은 주부들에게 있어서 연중 큰 행사이다. 김장이 겨울의 반 양식이라고 할 만큼 예전에는 품앗이로 온 마을이 잔치 분위기였다.

따끈하게 데워온 수육을 배춧잎으로 감싸 한입 가득 입에 넣으니 조금 전의 긴장과 추위가 녹는 듯했다. 그 어떤 유명한 맛집보다도 좁은 골목길에 앉아 맛본 충주의 정 맛이 최고라며 다시 오고 싶은 곳이라고 말하는 관광객!

지현동 '사과나무 이야기길'에 흐르는 주민들의 작은 관심과 나눔이 잊지 못할 특별한 여행이 되었다며 엄지를 척 올렸다.

사과빛동산. 사과마음길. 글길.
재즈길. 꽃길 등을 안내해 주었다.

점점 더 짙어지다

아침 산책길에 하얀 나비 한 쌍을 보았다. 나풀나풀 정답게 앞서거니 뒤서거니 날아다닌다. 그 모습이 너무 아름다워 잠시 발길을 멈추고 바라보다 김정호의 '하얀 나비'를 흥얼거렸다.

가을이 오면 시와 음악이 감성 충만하게 익어간다. 누군가 보내준 '그리움'이란 시를 마주하며 젊어서의 그리움이 설렘이라면 나이 들어서의 그리움은 고독이라는 생각이 들 때 아들에게서 전화가 왔다.

EBS '스페이스 공감'의 특별한 콘서트에 당첨이 되어 방청을 하게 되었으니 동행하자는 것이다. 엄마가 즐겨 듣는 'Donde Voy'의 멕시코 가수 티시 히노호사와 프랑스에서 활동하고 있는 에오 트리오가 그 주인공이라며 들뜬 목소리로 말한다. 방송국에 처음 신청을 해 보았는데 당첨 문자가 왔단다.

가끔 방송을 보다 보면 대부분 딸들이 신청을 해서 가족이 함께 방청하는 모습을 볼 수 있었다. 그때마다 아들만 있는 나는 부러워

했는데.

대전에 살고 있는 아들과 방송국이 있는 일산의 터미널에서 만나기로 하고 전화를 끊었다.

좋아하는 노래를 라이브로 감상할 수 있다는 생각에 방송국으로 향하는 발걸음은 설렘 그 자체였다.

터미널에 도착하자 먼저 와서 기다리던 아들이 손을 흔들며 다가왔다.

낯선 도시에서 마주한 아들과 이른 저녁을 먹고 시간에 맞춰 방송국까지는 택시를 탔다. 방청 티켓을 수령하고 기다리는 동안 건물 내부에 있는 커피숍에 앉아 차를 마시며 인증 사진도 남겼다. 딸은 커가면서 엄마의 친구가 되고 아들은 어려워진다고 하는데 아직까지는 그런 기분을 느끼지 않게 해 주는 아들이 고마웠다.

방청석과 무대의 거리는 무척이나 가까웠다. 너무 가까워 출연자가 부담스럽겠다는 생각도 잠시, 첫 무대에 오른 티시 히노호사의 노래가 생생한 울림으로 눈과 귀를 사로잡았다.

'어디로 가야 하나 나는 어디로 가야 하나' 며 구슬픈 목소리로 애절하게 불러주는 'Donde Voy'는 한동안 즐겨보던 드라마 주제곡이기도 했다. 드라마 내용에 푹 빠져서 함께 가슴을 죄던 그 노래를 이 자리에서 라이브로 듣는다는 것에 무언지 모를 벅찬 감정이 훅 올라

무언지 모를 벅찬 감정이 훅 올라오면서
눈시울이 뜨거워졌다.

오면서 눈시울이 뜨거워졌다. 환갑이 지난 나이에도 애조 띤 음색으로 감성을 느끼게 해 주는 티시 히노호사의 노래에 눈이 저절로 감겼다.

에오 트리오는 피아노와 드럼의 섬세한 연주가 방청객의 숨소리조차 삼켜 버릴 듯하다. 한 땀 한 땀 소리를 빚어내듯 온 정성을 다해 관객에게 전달해 주었다.

타악기인 드럼에서 그토록 섬세하게 다양한 소리를 뽑아낼 수 있다는 것에 감탄하였다.

연주 하나하나를 음미하며 집중하는 연주자들에게 내 영혼이 빨려 들어가는 것 같았다.

티시 히노호사의 노래를 듣기 위한 발걸음이었는데 오히려 클래식 재즈에 더 꽂히게 되었다. 작은 공간에서 뮤지션과 관객이 소통하는 현장의 감동을 고스란히 전해받고, 게다가 에오 트리오라는 새로운 뮤지션도 알게 된 시간.

깊은 울림을 주고 있는 두 뮤지션의 음악에 온전히 집중하며 음악 색으로 마음이 물들어 갈 때 옆에 앉아 있는 아들의 손을 살며시 잡았다.

chapter 2.

사람이
그립다는 말

냉이 향이 코끝을 스칠 때

거실 중앙까지 들어오는 봄 햇살이 아른아른 흔들린다.

현관문을 열고나오니 그 햇살이 눈이 부셔 눈썹 위로 손차양은 하였지만 집안에서와 달리 바깥바람이 아직은 살짝 옷깃을 여미게 한다. 닫혔던 창문을 활짝 열어 봄기운 가득 받아두고 창고에서 겨우내 쉬고 있던 호미를 챙겨 들고 주머니에는 검은 봉지를 구겨 넣었다.

뒷짐을 지고 걷는 손 위에서 호미 자락이 춤을 춘다. 그리운 흙냄새를 맡을 수 있다는 생각에 제 딴에도 설레는 모양이다.

얼마 뒤면 사과 꽃과 복사꽃이 만개할 과수원에서는 봄을 준비하는 농부들이 가지치기에 한창이다. 봄나물로 제일 먼저 인사를 건네는 냉이로 입맛을 돋우어야겠다는 생각에 산책 겸 길을 나선 것이다.

냉이는 어머니를 통해 어린 내게 나생이로 먼저 다가왔다. 소쿠리

가득 담긴 나생이를 흐르는 개울물에서 씻어내면 쭉쭉 뻗은 흰 다리를 드러내던 나생이.

팔십이 넘으신 어머니에게는 아직도 냉이라는 이름보다는 나생이로 남아 있다.

냉이의 종류는 40여 종이나 된다고 한다. 이들 가운데 나물로 먹을 수 있는 것이 여럿 있다고는 하는데 내게 익숙한 이름은 황새냉이, 싸리냉이, 다닥냉이다. 쑥과 달래는 올라오는 것이 눈에 띄는 것을 느낄 수 있지만 냉이는 우리가 모르는 사이에 엎드림과 낮춤으로 겨우내 뿌리만은 성하게 하여 봄을 기약한다.

흙으로 미처 돌아가지 못한 낙엽들 사이로 이름 모를 잡초들이 먼저 시선을 잡는다.

냉이가 있을만한 곳까지 왔다고 생각되는데 내가 찾는 냉이는 찾아보기 힘들다.

간혹 눈에 띄는 놈은 호미를 들이대기가 미안할 정도로 아직은 작고 뿌리가 없어 영 성에 차지 않았다. 아마도 우수를 앞둔 어느 날쯤 단양에서 캐온 냉이의 여운이 남아 있어서인가 보다.

농번기로 바빠지기 전에 한번 다녀가라는 지인의 연락에 기꺼운 마음으로 달려간 단양군 파랑리. 리본처럼 구불구불한 길을 돌아 깊은 골짜기에 자리 잡고 있는 지인의 집엔 어디선가 잔설이 녹아내리는지 마당 밑으로 돌돌돌 흐르는 개울물이 먼저 반겨주었다.

같은 성향을 지닌 이들이 만나면 아름다운 관계가 저절로 형성된다. 큰 아이와 같은 반 자모로 만나 알게 된 그녀는 착하고 고운 성향을 가지고 있었다.

어느 날 느닷없는 귀농 소식에 버틸 수 있을까 걱정했는데 원하던 삶이라 만족한다고 한지도 10년이 되었다.

음식 솜씨가 좋은 그녀는 재료만 준비해주면 쉽게 만들어 내는 재주가 있다. 입맛이 없거나 혹은 무료할 때면 식재료를 사들고 들어가 함께 식사하는 맛이 쏠쏠하다.

정을 나누려면 그 집 간장 맛부터 봐야 된다고 했는데 우리는 확실하게 정 나눔의 의식을 잘 치르고 있었다. 바람의 손길이 분주한 가운데 햇볕 좋은 밭 자락에 냉이를 캐러 나갔다.

마치 동상에라도 걸린 듯 불그죽죽한 모습과는 달리 쭉 뻗은 굵은 뿌리의 냉이가 지천이었다. 사람의 발길이 드문 곳에서 마음 편하게 자란 탓인지 뿌리 실한 냉이가 산삼을 캔 듯 횡재 한 기분이었다.

넉넉하게 캐온 냉이를 이웃사촌에게 봄소식으로 나눠주니 목련꽃처럼 환한 미소로 고마워한다. 콩가루를 입힌 냉잇국은 느긋하게 기다릴 줄 알아야 한다. 약한 중불에서 급하지 않게 끓여내야 옷이 벗겨지지 않고 뽀얗게 보글보글 끓는 모습을 볼 수 있다. 구수한 냉이

향이 모처럼 입안 가득하다. 달고 향긋한 냉이나물 무침도 온몸 안에 새봄을 뿌려 주었다.

집안 가득 퍼져 나갔던 그날의 냉이 향이 코끝을 스칠 때 일찍 봄바람의 손에 이끌려 나온 냉이 꽃이 벌써 눈에 띈다.

짧은 봄에 마음이 조급하다.

거실 중앙까지 들어오는
봄 햇살이 아른아른 흔들린다.

아비가 창피하냐

습관처럼 음악을 켜놓고 밀린 집안일을 하고 있는데, 잠시 멈추게 하는 노래가 들려온다.

'언제였나요 내가 아주 어렸을 적에 아버지는 여기 앉아서~.'

정수라의 '아버지의 의자'라는 노랫말에 갑자기 가슴이 먹먹해왔다. 아주 오랜만에 들려오는 추억의 노래에 순간 나는 모든 일손을 놓고 털썩 주저앉아 멍하니 아무 일도 못하고 노래 가사에 귀를 기울였다.

'다정스러운 손길과 인자하신 미소로

언제나 말하셨죠.

그리울 때 이 의자에 앉아 있으면

그때 그 모습이 보일 듯해요.'

아버지.

얼마 전부터 아버지가 영면해 계신 제천 배론에 간다는 것이 바쁘다는 이유로 차일피일 미루고 있었다. 기일에 찾아보지 못한 것이 마음속에 숙제처럼 남아 있어 유행가 가사에 민감하게 반응했나 보다.

호남형의 얼굴과 시원스러운 목청, 적당한 허세, 한마디로 남자답게 생기셨다는 표현이 맞을 것이다. 술을 좋아하셨던 아버지는 막걸리 한잔에 적당히 취기가 오르면 대문간부터 내 이름을 부르며 들어오시곤 하셨다.

그러면 어린 나는 쪼르르 달려가 아버지의 무릎 위에 앉아 애교를 부리고는 하였다.

아버지께서는 막내딸이 그저 귀여우신 듯 엉덩이를 두들겨가며 가락을 붙여 흥얼거리셨다

"니 누이가 잘났나, 막내딸이 잘났지!"

천군만마를 얻은 듯 나도 따라 부르면 잔소리꾼 엄마도 무서운 오빠들의 눈초리도 다 두렵지 않았다. 유난히 애교가 많았던 나는 막걸리 한 잔 하신 아버지를 적절히 이용하곤 했었다.

심술궂게 나를 괴롭히던 오빠를 고자질할 수 있었고 먹고 싶은 과자를 사 먹기 위해 돈 백 원을 요구할 수도 있었다. 다섯 살 막내딸은 열 살이 되어서도 스무 살이 되어서도 시집을 가서도 가끔 아버

지 무릎에서 '니 누이가 잘났나, 막내딸이 잘났지.'를 불렀다.

언제였던가.

그날도 오늘처럼 비가 오락가락하는데 모처럼 친정나들이가 신이 난 나는 첫 아이를 몸에 품어 적당히 부른 배를 내밀면서 아버지의 무릎 위에 슬쩍 엉덩이를 올려놓았다.

"허허허 그놈 참."

싫지 않은 듯 껄껄껄 웃으시는 아버지의 웃음소리와는 달리 어머니의 곱지 않은 시선이 한 말씀하신다.

"어이구, 저 철딱서니 하고는…."

"뭐 어때. 우리 아버지인데 그치 아버지?"

혀를 쏙 내밀며 어머니를 향해 눈을 찡긋거리며 웃기는 하였지만 민망스러워 슬며시 바닥으로 내려앉았다.

늘 그랬다.

학창 시절, 매서운 겨울바람에 꽁꽁 언 손을 호호 불면서 호들갑 스럽게 귀가하면 아랫목에 자리하고 계시던 아버지께서는 한쪽 엉 덩이를 들어주셨다. 그 밑에 발갛게 언 손을 들이밀면 적당히 눌러 주는 아버지의 엉덩이 압력과 아랫목의 따뜻한 기운이 금세 추위를 녹게 하였다. 그렇게 유별난 것 같은 아버지와 딸 사이가 서먹서먹해진 사건이 하나 있었다.

　한참 예민하고 새침한 중학교 사춘기 시절.

　가까운 초등학교와는 달리 중학교는 면 소재지에 자리 잡고 있어 십리 길을 걸어 혹은 하루에 한 두 대밖에 없는 완행버스를 타고 통학을 해야 했다.

　그날은 학교 수업이 끝난 토요일이었던 것으로 기억된다.

　미루나무 가로수 그늘로 찾아들며 나무 아래 지쳐 있는 풀들을 발길로 차면 뽀얀 먼지에 운동화는 온통 분칠을 하곤 했다.

　친구들과 함께 조잘대며 비포장 신작로를 오리쯤 걸어왔을 때였다.

　"저기 너희 아버지 오신다."

　친구의 말에 뒤돌아보니 정말 아버지가 걸어오고 계셨다.

　의외의 장소에서 마주하니 왠지 낯설었고. 이상하게도 아버지가 작게 느껴졌다.

　다가오는 아버지를 흘낏 쳐다보며 나는 친구와 나누던 수다를 계속 이어갔다.

　나는 나대로 아버지는 아버지대로 서먹한 발걸음을 스쳐 옮겼다. 그때의 어색함이 지금까지도 한 컷의 흑백 사진처럼 가슴에 남아 있

그렇게 세월이 가고 나이를 먹어가면서도
가슴 깊이 박힌 그날의 잔영을
지울 수 없는 것은 왜일까?

다.

집안에 들어서니, 아버지는 미리 도착해서 마루에 걸터앉아 담배를 피우고 계셨다.

방으로 들어가는데 내 뒤통수에 대고 아버지가 말했다.

"아비가 창피하냐?"

의아한 눈빛으로 돌아보았는데, 아버지의 눈빛이 충혈되어 있었다.

어른이 되고서야 그 상황과 말씀의 뜻을 이해할 수 있었다.

아버지께서는 밖에서 만난 딸내미가 반가워 친구들과 군것질이라도 하라고 용돈을 쥐어 주시고 싶었던 것이었다.

그런데 흘낏 쳐다보고는 아는 체도 하지 않은 딸내미가 이내 서운하셨고 딸의 친구들 앞에서도 민망하셨던 것이다.

나는 아니라고 모기 소리만큼 작게 혼잣말을 목구멍 속으로 구겨 넣을 수밖에 없었다.

어떤 이유에서건 아버지께 달려가지 못하였던 것에 대한 이유를 굳이 찾는다면 사춘기였고 그냥 그 상황일 뿐이었다.

그렇게 세월이 가고 나이를 먹어가면서도 가슴 깊이 박힌 그날의 잔영을 지울 수 없는 것은 왜일까?

아버지의 절망과 슬픔에 잠긴 눈빛이 나에겐 그만큼 충격이었던 것이다. 절대로 아버지가 창피해서가 아니었다고 언젠가는 말해야겠다는 생각을 하며 살았다.

그만큼 나는 소심하였다.

어른이 되고 마음을 터놓고 지내는 지인들에게 내 유년의 열다섯 살 소녀를 꺼내 보였다. 그들은 대수롭지 않은 이야기라는 듯 소녀를 다시 그 신작로 안으로 밀어 넣었다.

어쩌면 그들의 말대로 아버지는 그날의 기억이 없을지도 모른다. 내가 내 아이들에게 그렇듯 아버지도 내게 어떤 서운함보다는 미안함만이 가득할 뿐일지도 모른다.

그런데도 가슴 한 구석에 빼내지 못한 가시처럼 자리 잡고 있는 것은 내 의지와 상관없이 아버지의 마음을 아프게 해 드렸다는 억울함 때문인가 보다.

나와 같이 아버지도 어머니께 평생을 옭아맨 단어가 있었던 것 같다.

창자 속으로 껄떡껄떡 넘어가는 숨을 다잡아 마지막으로 어머니께 하신 말씀은 '미안합니다. 고맙습니다.'였다고 한다.

평생을 살면서 한 번도 아버지께 듣지 못했던 고백을 들으셨다는 어머니는 그 말씀 하나로 지금도 온기 가득한 마음이시다.

두 해 전, 겨울 나뭇가지의 앙상한 침묵 사이로 바람이 세차게 불어오던 날 아버지 앞에 섰다. 내 마음이 슬퍼서일까 비석에 새겨진 아버지의 영정 사진은 여전히 슬픈 눈이다.

비바람에 쓸린 아버지의 작은 사진을 손으로 닦고 또 닦았다.

힘들게 꺼내놓는 그날의 첫마디를 시작도 하기 전에 눈물이 먼저 앞을 가린다.

못난 년!

그게 무어 그리 어려운 일이라고 아버지 살아생전에 하지 못했던 것일까?

"아버지 그날 일 기억하시죠? 나 아버지 창피하지 않았어요. 정말이야."

울먹이며 훌쩍거리는 내게 아버지의 손길 같은 바람의 향기가 코끝에 찡하게 머문다.

그날 이후, 신기하게도 몇십 년간 눌러온 마음의 짐이 홀가분해졌다.

김장김치 속에 담긴 정

　얼마 선까지만 해도 주부들이 모이면 대화의 시작은 누구네 집은 김장을 했고 누구네 집은 언제 하고 누구네 집은 시댁에서 혹은 친정에서 담아왔다는 김장 경험담이었다.

　입동이 지나 김장철로 들어서면서부터 총각김치나 동치미로 시작된 김장에 관한 대화들이 이달 들어서는 주춤해진 가운데 오랜만에 동창회에서 만난 친구가 김장 걱정을 하고 있었다.

　나도 늦게 했다고 생각하고 있었던 터라 아직까지 김장을 왜 하지 않았느냐고 의아해했더니 친구의 시댁이 전라도라서 충청도보다는 김장 시기가 늦다고 한다.

　자연스럽게 또다시 김장 이야기들이 오고 갔다.

　"요즘은 김치냉장고 때문에 김장김치 얻기가 쉽지 않은데 아직도 그 동네는 정이 남아 있구나. 부럽다."

　이웃에서 맛보기로 갖다 주신 김장김치가 넉넉하여 미루다 보니 이틀 전에 김장을 끝냈다는 말에 모두들 좋은 동네에 살고 있다고 부러워했다.

김장 품앗이가 남아 있는 이곳에서는 아들 집과 딸네 집 김장까지 해 주는 어르신들의 넉넉함이 우리 집까지도 전해진 것이다. 이 집 저 집에서 갖다 주신 김치의 양은 내가 담그려고 했던 김장 김치의 절반만큼이나 되었다.

적당히 익은 김치가 이웃의 정을 더하여 시원하게 입맛을 잡아당기는 가운데서도 올해 처음으로 뒤란에 심은 배추로 김장을 해야 한다는 것이 부담감으로 다가왔다.

농약 한번 치지 않고 매일 아침 손으로 벌레를 잡아가며 기른 배추를 가르고 절이고 씻어야 한다는 과정들을 몸이 기억해 냈는지 스트레스로 다가왔다.

사실 김장은 양념을 준비하고 버무리는 것보다는 절이고 씻는 과정이 더 힘들기 때문이다. 친정에서 김장을 하지 않은 이후로 절임 배추의 편안함에 길들여졌던 부작용이기도 한 것이다.

몇 포기 하지도 않는 요즘 김장이 김장이냐고 하시는 어르신들의 말씀에 아버지가 돌아가시기 전까지 온 가족이 시골 마당에 모여 산처럼 쌓인 배추로 김장하던 생각이 났다.

오 남매의 가족들이 모여 허리가 끊어지게 김장을 버무리는 동안 마루 위에서는 어머니가 홍두깨로 반죽을 밀어 칼국수를 준비하셨고 아궁이 한쪽에서는 수육을 삶고 화로 위에서는 양미리를 굽던 따뜻한 풍경이 동화 속의 그림처럼 떠올랐다.

매캐한 연기 내음도 구수했던 시골 굴뚝의 정겹던 풍경은 아버지가 돌아가시고 기력이 떨어진 어머니가 작은 아파트로 옮겨오면서 추억 속으로 사라졌다.

어머니께서는 지금도 그때가 힘은 들었어도 가장 행복했던 때였다고 회상하시곤 한다.

"우리 부부가 먹으면 얼마를 먹겠니. 다 저희들을 위해서 형부가 힘들게 유기농으로 농사지어서 마련하였는데 내년부터는 김치를 사 먹자고 하여 형부 보고 농사짓지 말라고 했어."

김장했느냐고 묻는 안부전화 건너편에서 언니의 볼멘소리가 조카들을 향해 있었다.

조카들 입장에서는 연로하신 형부가 안쓰러워서 한 말이겠거니 생각하라는 나의 위로의 말에도 언니의 서운함은 수그러들지 않았다.

그 옛날 칼국수를 밀던 어머니의 나이가 되어 버린 언니는 겨울의 반양식인 김치를 사 먹는다는 것을 용납할 수 없다는 것이다. 어쩌면 김치를 사 먹자는 말이 노여웠다기보다는 부모로서 자식을 챙기는 마음을 거부당했다는 서운함이 더 컸을지도 모르겠다.

　김장김치가 그저 반찬의 의미로만 남는 것이 아님을 조카들도 언제가 알게 되는 날이 오지 않을까 싶다.

어머니께서는 지금도 그때가 힘은 들었어도
가장 행복했던 때였다고 회상하시곤 한다.

'나 하나쯤이야'가
아니라 나부터

✿

24절기 중 마지막 절후인 대한이었던 지난 주말에는 앙성면 지당리에 있는 복성 저수지에 다녀왔다.

제천에 사는 언니가 형부와 함께 그곳으로 빙어 낚시를 왔다는 연락이 왔기 때문이다.

'소한의 얼음 대한에 녹는다.'라는 속담이 있듯 추위보다는 미세먼지로 인해서 마스크를 준비하지 않은 것에 신경이 쓰였다. 여름에는 깊은 물속에 숨어 지내다가 다른 물고기들이 동면하는 겨울에 활발하게 움직인다는 빙어!

빙어낚시는 10여 년 전 제천 의림지에서 형부와 함께 하였던 기억이 끝으로 남아 있다.

언니가 부탁한 초고추장과 튀김가루, 식용유를 챙겨서 복성 저수지에 도착한 시간은 오후 2시쯤이었다. 시원스럽게 펼쳐진 얼음 저수지 위에는 여기저기 얼음낚시를 즐기는 사람들이 간이 의자에 앉아서 빙어잡이에 열중이었고, 개구쟁이 아이들은 추위도 잊은 채 썰매를 타며 즐거워하는 모습이 미소를 자아내게 하였다.

넓은 저수지 속을 헤엄치던 빙어 오십여 마리가 형부 손에 이끌려 새롭게 조성된 인공 사각형의 통속에서 낯설다는 듯 두리번거리고 있었다. 그중에 딱밤으로 기절시킨 빙어 한 마리가 언니가 건네준 나무젓가락 사이에서 파닥이다 초장에 묻혀 나의 입 속으로 들어갔다.

살이 담백하고 오이 맛이 난다고 해서 우리 조상들은 '과어瓜魚'라고도 불렀다 하는데 빙어회는 나의 입맛에 맞지 않았다. 준비해 가지고 간 냄비에 기름을 붓고 튀김 가루를 풀었다. 새끼손가락만 한 물고기는 노릇하게 튀겨져 먹음직스러워 보였고 맛은 바삭하고 고소하였다. 빙어회는 먹기 거북하였지만 튀김은 입에 맞았다. 지금 아니면 언제 또 먹어보랴 싶은 마음에 손이 자꾸 갔다.

어느 정도 먹고 나서 내 손에도 낚싯대가 들려졌다. 겨울 호수 얼음구멍 앞에 간이 의자를 두고 앉았다. 대여섯 개의 바늘을 단 낚싯줄이 외짝 얼레에서 풀리며 얼음 구멍 속으로 가라앉았다. 가만히 찌가 움직이기를 기다리기만 하자, 살살 흔들어 고기를 유혹하라고 한다.

서툰 유혹이 물고기의 마음을 사지 못하였던지 한 번의 손맛도 보지 못하였다.

춥기도 하고 재미가 없어진 나는 언니에게 의자를 내어주고 저수지 밖으로 발걸음을 옮겼다. 평소에도 물을 무서워하는지라 얼음이 깨지면 어쩌나 하는 두려움에 조심스럽게 발걸음을 옮기는데 눈살을 찌푸리게 하는 것이 있었다. 여기저기 버려져 있는 담배꽁초와 빈 담뱃갑. 주위를 둘러보니 낚시꾼들이 깔고 앉았던 박스들도 널브러져 있었고 먹다 버린 라면 면발들도 흉물스럽게 얼어붙어 있었다.

날씨가 풀리면 이 쓰레기들이 강바닥으로 가라앉는다는 생각이 들자 조금 전에 먹은 빙어에 속이 메슥거렸다. 얼어붙어 있지 않았다면 수거해서 나왔을 텐데 오래된 듯 얼음이 박스 위를 덮고 있어서 주워오지도 못하였다. 저수지 주변에도 먹고 버린 빈 소주병들이 뒹굴고 있었다. 아직도 이런 몰지각한 사람들이 있다는 것에 화가 났다. 흥분한 나에게 언니는 소주병을 수거해 오라며 비닐봉지를 건넸다.

그렇게 낚시터를 오가며 수거해둔 공병들은 자연도 보호할 수 있고 한 병에 백 원씩 받을 수 있다며 일석이조라고 한다.

쓰고 남은 튀김기름은 빈 병에다 붓고 주변을 깨끗이 정리한 후 저수지를 빠져나왔다.

자업자득이라고 하였던가? 내가 버린 담배꽁초와 쓰레기에 노출된 물고기를 잡아먹는다고 생각하면 그런 행동을 할 수 있을까 싶었다.

'나 하나쯤이야.' 하는 생각보다는 '나부터 지키자.'는 생각을 하게 하는 시간이었다.

'나 하나쯤이야.' 하는 생각보다는
'나부터 지키자.'는 생각을 하게 하는 시간이었다.

사람이 그립다는 말

집안의 큰 행사가 아니면 잘 만나지도 못했던 때꺼리 아저씨를 얼마 전 뵐 수 있었다.

긴 세월 각자의 환경에서 바쁘게 살다 보니 추억은 희미해졌지만 어려서부터 유난히 나를 귀여워해 주셨던 재미있고 좋은 아저씨로 기억돼 있다.

목소리에 힘이 빠지면 죽은 목숨이라 할 정도로 목청이 크셨던 아저씨는 친정어머니의 고종사촌이시다. 그동안 정말 많은 세월이 흘렀음을 느낄 수 있을 정도로 젊은 날의 아저씨 모습을 찾아보기 힘들었다.

막걸리와 담배를 손에서 놓지 않으셨던 아저씨를 우리들은 때꺼리 아저씨로 불렀다.

어른이 되고서야 그 동네 이름이 율지리라고 알게 되었는데 왜 때꺼리라고 불렀는지 지금도 그것은 알 수 없다. 아무튼 우리 형제들에게는 호탕한 때꺼리 아저씨였다.

오랜만에 이런저런 안부 인사로 서로의 근황도 이야기하며 반가움을 대신하는데 문득 이런 말씀을 하셨다.

"나는 이제 원도 한도 없다. 젊어서부터 이때까지 살만큼 살았고 해 볼 거 다 해 봤어. 그런데 딱 하나, 이제는 사람이 그립다, 사람이 그리워."

절절하게 말씀하시는 그 모습에서 진한 외로움과 고독이 온몸으로 흘러내렸다.

나이를 먹는다는 것은 그만큼의 고독을 견디어 냈다는 것일 텐데도 사람이 그립다는 그 말이 많이 시렸다.

집으로 돌아와서도 귓가에서 맴도는 '사람이 그립다.'는 말….

집으로 돌아와서도 귓가에서 맴도는
'사람이 그립다.'는 말….

다시 가보고 싶지 않은 나라

올해의 결혼기념일은 서로가 바빠서인지 어떻게 지나갔는지도 모르게 지나가 버렸다.

몇 해 전. 숫자를 더해가는 결혼기념일을 자축하듯 떠났던 중국 여행이 생각난다.

그 해는 미국의 고고도 미사일 요격체계인 사드를 우리나라에 배치한다는 문제로 중국과 불편한 가운데 있었다. 생각해 보면 엄연한 내정 간섭에 약소국이라 당하는 설움인 것이다.

외교적 문제와 안보적 문제가 서로 대립하는 가운데 여행을 떠나기 전부터 마음이 편치 않았다. 취소할까도 여러 번 망설였다.

즐거워야 할 여행길이 마음의 불편함으로 시작되고 있었다. 사드 문제가 불거지기 전에 미리 날짜를 잡고 예약을 한 상태였기에 당황스럽기도 하였다. 크루즈 여행을 왔던 중국 관광객들이 항에 내리지도 않고 되돌아갔다는 뉴스를 접하면서부터는 주변에 중국 여행을 간다고 말하기가 눈치 보이기도 했다.

중국이 보복 조치를 하는데 우리가 가서 굳이 돈을 써야 하느냐는 반발심 때문이었다.

여행 취소는 여행자의 변심이기 때문에 취소 페널티를 내야 한다. 불이익을 감수하고서라도 취소를 할까 했지만 어렵게 잡은 날짜이니 떠나기로 일행이 뜻을 모았다.

평소 같았으면 꽉 찼을 기내에는 군데군데 자리가 남아 있었다. 현지에서 만난 조선족 가이드는 감사하다는 인사말과 함께 한숨부터 내쉬었다. 언론에서 너무 과대 보도를 해서 여행객이 많이 줄었다는 푸념과 함께 은근히 중국의 사드 보복을 원망하며 말끝을 흐리기도 하였다.

가이드의 말처럼 여행길에서는 전혀 어떤 불편한 문제도 없었다.

우리가 막연하게 불안했던 것은 여행 중에 반한反韓 시위대라도 만났다가 피해를 볼까 두려워서였다.

달라진 것이 있다면 쇼를 관람할 때 한국말로 안내해 주던 것이 사라졌고 쇼가 끝나고 틀어주던 아리랑이 나오지 않는다는 것이었다.

나중에 알고 보니 그것도 관광지에 따라서 달랐던 것이다. 현지에서 한국 관광객을 주 고객으로 하는 식당과 상점들도 언제쯤 이 상

황이 끝날지 걱정이라며 울상을 짓기도 했다.

사드 보복의 불똥은 생각보다 심각하게 피부로 느낄 수 있었다.

아마도 유커들이 사라진 우리나라도 마찬가지일 것이다. 정치적인 이유로 양국 간의 소상공인들이 피해를 보고 있는 현실이었다. 관광 일정을 마치고 돌아오는 중국 항저우 공항에서의 일은 정말 어이없다 못해 치졸하다는 생각까지 들게 하였다.

대한항공기에 탑승 후 비행기가 활주로까지 나갔는데 이륙 신호를 주지 않고 십여 분간 대기시키는 일이 벌어진 것이다.

활주로에서 앞서 가던 중국 항공기가 이륙을 하고 다음은 우리 대한항공의 이륙 순서였다. 그런데 뒤 따라오던 중국 항공기가 먼저 날아오르는 것이었다.

처음에는 무슨 상황이었는지 몰랐지만 이내 상황 파악이 되었다. 헛웃음이 나왔다.

그렇게 두어 대를 먼저 새치기로 이륙시킨 후 우리 항공기가 이륙 신호를 받을 수 있었다. 도착지인 청주공항이 가까워졌을 때 승무원이 다가와 현지 사정은 어땠는지를 물어왔다.

별다른 불편함이 없었음을 설명하고 활주로에서의 일을 물어보았다. 승무원도 승객들에게 이륙 지연 이유를 방송해야겠기에 관제탑에 문의하였지만 아무 대답도 주지 않더라는 것이다. 하물며 승무원들에게도 기내에서 내려와 비행기 주변을 한 바퀴 돌고 탑승하라고 했다니 어이가 없었다.

보복이라는 것은 남에게 받은 해를 그만큼 돌려주는 것이다

그들은 우리에게 어떤 해를 입었다는 것인지 도무지 납득이 되지 않았다.

국제공항에서 그들이 했던 행동은 세계문화유산으로 지정된 웅장한 명산을 가지고 있는 대국이 아니었다.

치졸하고 오만한 중국을 '다시 가보고 싶은 나라'에서 지워 버렸다.

동요가 그립다

🌷

　근로자, 어린이, 어버이, 스승 등 존중받아야 할 사람들을 기념하는 날이 모두 모인 오월은 성년의 날, 부부의 날도 있는 풍성한 달이다.

　황금연휴로 고속도로가 몸살을 앓고 있다는 뉴스를 접하며 모처럼 근처에 있는 친구의 집을 방문하였다. 문을 열고 들어서자 낯익은 꼬마가 달려 나와 반갑게 인사를 한다.

　유치원 때부터 가끔 마주쳤던 친구의 조카가 어느새 초등학교에 입학을 하여 1학년이 되었다는 것이다. 청주에 살고 있는 꼬마 숙녀는 충주 이모 집에서 만난 나에 대한 기억이 좋았던지 방문을 들락날락거리며 나름 반가운 표현을 한다. 초콜릿을 가지고 와서 불쑥 내미는가 하면 어깨를 두들겨 주더니 선물로 노래를 불러주고 싶다고도 하였다.

　오랜만에 만난 친구와 이런저런 이야기를 나누고 싶은데 중간중간 끼어들어오는 꼬마 숙녀가 영 성가셨다.

하지만 반가움의 표현이 기특하기도 하고 모처럼 동심으로 들어가 보는 것도 괜찮겠다 싶은 마음에 아이와 눈을 맞추었다. 머리빗을 마이크로 스카프를 무대복으로 구색을 갖춘 아이가 불러준 노래는 노사연의 '바람'이라는 곡이었다.

노래의 뜻이나 알고 부르는 건지 올라가지 않는 음에 핏대를 세워가며 부른다.

나도 좋아하는 노래이지만 막상 부르려고 하면 어려워서 엄두도 내지 못하였는데, 아이는 천연덕스럽게 잘도 넘어간다.

나는 아이의 수준에 맞는 노래를 듣고 싶었는데 배려심 많은 아이는 내 수준에 맞는 노래를 불러 주었다. 그러다 미처 외우지 못한 가사가 아이의 당황한 눈동자 위에서 굴러다녔다.

멋쩍어하는 아이에게 박수를 보내며 고맙다고 마무리를 지었다.

다른 노래를 불러 실수를 만회하겠다는 꼬마숙녀에게 이번에는 동요를 신청하였다.

'퐁당퐁당', '아침 바람', '과수원길', '아빠와 크레파스' 등 노래 제목들을 제시하며 요구하였지만 모른다는 답변만 돌아왔다. 설마 이 것도 모르랴 싶은 마음에 '산토끼', '꽃밭에서', '곰 세 마리' 등을 선창 하자 기억났다는 듯 신나게 따라 불렀다.

아이들의 순수한 목소리는
좋은 동요와 만나면 감동이 배가 된다.

오랜만에 동심으로 돌아가 보니 나름 재미가 있었다. 내친김에 알 만한 동요로 신청을 하였지만 꼬마 숙녀는 대부분 생소하다는 듯 고 개를 가로저었다.

아이들의 순수한 목소리는 좋은 동요와 만나면 감동이 배가 된다. 그런데 언제부턴가 동요 부르는 아이들을 만나보기가 힘들게 되었 다.

초등학교 교사로 재직 중인 지인의 말에 의하면 교과서에 나오는 동요도 한두 번 접하고 넘어가 버린다고 한다.

아이들이 가사를 외울 때까지 기다리기에는 해야 할 것들이 너무 많다는 것이다.

동요 또는 변형된 구전동요에 맞추어 특정한 발동작을 취하면서 뛰고 넘고 하는 고무줄놀이를 가르쳐 주고 싶어도 노래를 모르니 가 르쳐 줄 수가 없다는 것이다.

전래동요와 놀이를 가르쳐 주려면 특별히 시간을 마련해야 하는 어려움이 있다는 것이다.

학업에 밀려 또래와 나눌 수 있는 골목길 놀이문화는 사라지고, TV나 인터넷을 통해 자극적인 어른 문화에 일찍 눈뜬 아이들의 안 타까운 현실이었다.

아이들의 감정이나 생각을 담아서 만든 동요를 부르면, 분명 어린

이들에게 긍정적인 효과를 미치리라 생각된다.

　동요의 순수하고 맑은 노랫말과 선율은 자라는 아이들에게 정서적으로 깊은 영향을 미치고 있기 때문이다.

　지그시 눈을 감고 '반달', '등대지기', '섬 집 아기', '고향의 봄', '오빠 생각'을 흥얼거리다 보니 뜻하지 않게 코끝이 찡했다.

반갑다 친구야

외출을 마치고 집에 돌아와 익숙한 분위기에 내 몸을 편안하게 내려놓으려 할 때 전화가 왔다. 발신인이 인천에 살고 있는 친구였기에 외출복을 벗다가 서둘러 경중대며 전화를 받았다.

"나 지금 충주에 왔어. 조금 있으면 인천 갈 거야. 보고 싶으니까 빨리 이쪽으로 와라."

뜬금없이 서두르는 통화 내용을 정리해 보니 지인의 결혼식이 있어서 하객으로 온 김에 만나보고 싶다는 것이다.

생각할 겨를도 없이 알겠다고 하고서는 바로 친구가 있다는 곳으로 향했다.

뒤풀이라도 하는 듯 술잔이 오가는 곳에서 낯선 사람들 사이에 친구의 모습이 보였다.

친구와 함께 옆 테이블로 옮겨서 반가운 인사를 나누는데 어딘지 낯익은 얼굴이 구석에서 손을 흔든다.

의아한 얼굴로 상대를 바라보던 나에게 손을 내밀며 반갑다고 인사를 건네 오는 사람은 한 동네에 살았던 초등학교 동창이었다.

단지 남자와 여자라는 이유로 서로 아는 체는 하지 않았지만, 서로의 존재는 알고 있었던 어릴 적 모습이 그때의 기억과 겹쳐 들어왔다.

반가웠다.

나이가 들어가면서 같은 길을 더듬으며 통학하던 친구들이 궁금해지기 시작했는데 우연찮게 마주쳐 설레는 기분이 들었다.

반가운 감정들이 눈 속에서 피어나고, 기억에 남아 있는 친구들의 안부가 새로운 뉴스로 다가왔다. 이런 기분 좋은 기억이 몇 년 전에도 있었다.

삼총사로 불리며 십리 길을 걸어 함께 통학을 했던 친구들이 있었다. 한 친구는 앞집에 살던 미자였고 또 한 친구는 옆 동네에 살았던 복남이었다. 우리들은 고등학교에 진학하면서 뿔뿔이 흩어졌다. 지금처럼 통신이 발달되지 않았던 때라 집 전화번호가 바뀐다던지 어른들이 이사를 간다던지 하면 소식이 끊길 수밖에 없었다.

그런 단발머리 소녀들이 이제는 중년이 되어 연락처를 알고 첫 통화를 했을 때 얼마나 설레고 기뻤던지….

쉴 새 없이 그간의 궁금증을 쏟아내고 대답하기 바빴다.

전화만으로는 만족할 수 없어 서로 사는 곳의 중간지점인 청주에서 친구를 만나기로 한 날에는 비가 억수로 내렸었다. 빗길의 운전이 염려스러워 약속을 미루고 싶었지만 서로에 대한 그리움에 비는 문제가 되지 않았다.

셋이서 만났다면 더 좋았을 텐데 사정상 함께 하지 못한 친구의 연락처를 알았다는 것만으로도 우리는 보석을 찾은 듯했다. 중학교 졸업 후 처음 만난 그날을 계기로 친구와 나는 단발머리 소녀가 아닌 편안하고 아름다운 중년의 모습으로 서로에게 저장되었다.

지금 내 앞에서 안부를 전하고 있는 친구도 조용하고 수줍음을 타던 친구로 기억되는데, 거리낌 없이 다가와 인사를 나눌 수 있었던 것은 지나간 세월이 주는 여유로움 때문이리라.

동창들의 근황이 바람에 밀리듯 대화 속을 지나갔다. 이름만 기억되는 동창도 있고 이름도 얼굴도 기억하지 못하는 동창도 있다.

그러고 보니 동창이라고 해서 다 친구가 아니라는 평소의 생각이 맞아떨어지는 것 같다.

나의 안부도 궁금해하는 친구들도 있으니 동창회에 나오라는 말에 보고 싶은 친구끼리나 보자는 말로 대신하였다.

소심한 나는 단지 동창이라는 이유로 이름도 얼굴도 익숙하지 못한 사람들과 말을 놓고 친한 척한다는 것이 때로는 불편하고 민망하다.

거리낌 없이 다가와 인사를 나눌 수 있었던 것은
지나간 세월이 주는 여유로움 때문이리라.

발 담그기

연신 계속되는 폭염이 지치게 하였다.

'요즘은 더운데 어떻게 지내냐.'는 말로 서로의 안부를 챙기게 된다.

'더운데 덥게 지내고 있다.'라고 진담 반 농담 반으로 대답을 하면 듣는 이도 말하는 이도 실없이 한번 웃는다.

사람뿐 아니라 가축과 식물들도 힘겨워하고 있다.

축 늘어진 텃밭의 농작물도 안쓰럽다. 시간이 되는대로 아침저녁으로 물을 주었지만, 며칠 전 사다 심은 상추 모종은 다 타 버렸다.

오늘 하루도 폭염에 잘 견뎌준 정원의 식구들을 대견하며 저녁 시간에 물을 흠뻑 뿌려주고 바라보면 자식 입에 밥 들어간 듯 흐뭇하다.

어찌 식물뿐이랴. 마당에서 숨을 헐떡이며 혓바닥을 길게 늘어뜨린 개와 고양이도 매일매일 폭염과의 전쟁을 힘겹게 치르고 있다.

문득 '사람이라면 등목이라도 해 줄 텐데….'라는 생각이 들었다. 시원한 물 한 바가지를 등에 뿌려 주며 무더위를 쫓아주던 모습을 예전에는 심심찮게 볼 수 있었다.

생뚱맞은 등목에 대한 향수는 얼마 전 지인의 집에서 퐁퐁퐁 솟던 쌍둥이 샘물로 생각을 끌고 갔다. 어찌나 물이 차던지 발을 몇 분 담그기가 무섭게 들어 올려야 했다. 겨울에는 따뜻하고 여름에는 얼음처럼 차가운 샘물을 가진 지인이 부러웠다.

생각난 김에 송계 계곡에서 발이나 담가야겠다는 생각으로 길을 나섰다. 수안보를 지나 송계로 들어서니 예쁘게 들어선 찻집 앞에도 자동차들이 꽉 차 있었다.

계곡에는 더 많은 사람들이 있을 것 같아 살짝 부담스러웠지만 염려했던 것만큼 북적대지 않은 것도 폭염 때문인가 보다.

그늘진 곳에 차를 세우고 흐르는 물에 여유롭게 발을 담그고 주위를 둘러보니 아이들을 동반한 가족들이 많았다. 폭염이 계곡물도 데웠던 것인지 생각만큼 물이 차갑지 않았다.

주변에는 나무 그늘 밑에 돗자리를 펴고 누워서 책을 보는 사람도 있었고. 아이들과 함께 뜰채로 고기를 잡는 사람들도 있었다.

바위에 걸터앉아 물속에 담근 발가락으로 모래도 집어보고 작은 돌멩이도 비벼보지만 심한 물비린내가 나서 오래 앉아있지 못하였다.

어디선가 시작된 바람이 솔솔 불어오자
초록나무 이파리가 수다스럽게 팔랑거린다.

송계를 빠져나와 수안보 벚꽃길에 마련되어 있는 '족욕 체험장'으로 향했다.

벚나무 가로수길이 만들어주는 그늘을 따라 걷다 보니 바람이 빛바랜 낙엽들을 간간히 흔들어 깨워 몰고 다녔다. 그 모습이 가을을 연상케 하며 계절을 뛰어넘은 듯 묘한 기분이 들었다. 깔끔하게 조성된 족욕탕에 발을 담갔다. 이열치열이라고 했던가. 온천수에 발을 담그니 살갗에 매끈하게 감도는 따끈한 느낌이 종아리에 나른하게 감긴다.

온천수라 더울 것이라는 걱정은 하지 않아도 될 정도였다. 삼삼오오 모여 앉아 발을 담그고 도란도란 이야기를 나누는 사람들의 모습이 여유로워 보인다. 발로 물장구를 치기도 하고 콧노래도 불러가며 한적함을 즐기는데 엄마와 함께 온 아이가 나를 따라 하듯 텀벙텀벙 물장난을 치다 눈이 마주쳤다. 수줍은 듯 살포시 얼굴을 숨기는 아이의 모습이 천사 같다.

어디선가 시작된 바람이 솔솔 불어오자 초록나무 이파리가 수다스럽게 팔랑거린다.

빛바랜 봉투

평생교육원에서 정리정돈에 대한 강좌를 들었다.

필요한 물품과 필요 없는 물건을 분류해 버리거나 나누는 것을 정리라고 한다면 정돈은 필요한 물품을 제 자리에 가지런하게 놓는 활동이다.

필요한 것 이외에는 가지지 않는 생활방식인 미니멀 라이프가 젊은 사람들 사이에서 설득력을 얻고 있는 이유는 요즘은 없어서가 아니라 넘쳐서일 것이다.

강좌가 동기 부여가 되어 정리정돈을 하기 위해 옷장 문을 열어젖혔다.

장롱 깊숙이 넣어두었던 묵은 옷들은 그동안 주인의 손길이 닿지 않아 그 빛깔마저 죽어가며 늙어서 나오는 것 같았다.

버릴 것과 살릴 것을 구분하며 옷들을 꺼내는데 구석에서 줄지어 서 있던 가방들이 풀썩 넘어진다. 떡 본 김에 제사 지낸다고 이참에 가방도 정리하기로 마음먹었다. 쭈뼛쭈뼛 모습을 드러내는 가방들 사이로 아끼던 가방 하나가 눈길을 끌었다. 반가운 마음으로 집어 든 가방을 들고 요리조리 살펴보며 지퍼를 열자 누렇게 빛바랜 농협 봉투가 슬그머니 눈을 맞춘다.

'이게 뭐지? 아 맞다. 이게 있었지.'

그동안 잊고 있었던 그 봉투. 봉투 안에는 만 원짜리 구권 스물네 장이 들어 있었다. 뜻하지 않은 횡재는 나의 기억을 이끌고 십여 년 전으로 돌아갔다.

그 당시 대학생이 된 아들이랑 대형마트에서 쇼핑을 하던 중에 눈 길을 잡는 가방이 있어 걸음을 멈추었다. 다른 것에 비해 유난히 가 방에 욕심이 많던 나는 가격표를 만지작거리며 너무 비싸다는 생각 이 웅얼거림으로 터져 나왔다.

"제대로 된 가방이 하나 있으면 좋겠는데 아직은 때가 아닌 것 같 네. 우리 아들들 먼저 키워야 하니까."

가격표를 만지작거리며 자리를 뜨지 못하고 웅얼거리는 나의 팔 을 잡아 끈 것은 아들이었다. 멋쩍은 마음과 함께 그 일은 그렇게 잊 혀갔다.

그러던 어느 날 상기된 표정으로 의기양양 쇼핑백을 내미는 아들 을 의아한 눈으로 쳐다보던 나는 내용물을 확인하고서는 놀라지 않을 수 없었다. 쇼핑백 안에는 언젠가 마트에서 욕심을 냈던 그 가방이 들어 있었다.

놀랍고 고마운 마음에 할 말을 잊고 그렁그렁한 눈으로 쳐다보는 나에게 아들은 가방 속도 들여다보라고 손짓했다. 가방 속에 지금은 구권이 된 만 원짜리 삼십 장이 들어 있었다. 가방이나 지갑을 선물할 때에는 천 원짜리라도 넣어주어야 한다고 지나치듯 한 말을 기억하고 있었나 보다. 말이는 타고난다고 했던가.

동생들과는 다르게 스스로 장남이라는 짐을 짊어지는 큰아들에게 늘 미안한 마음이었다.

그런 아들이 방학 동안 틈틈이 시간제 아르바이트로 번 돈을 엄마에게 모두 쏟아부은 것이었다. 자신이 준 용돈으로 예쁜 옷도 사 입으라고 말하는 아들의 그 마음 씀씀이가 너무 고맙고 감동스러워 함부로 쓸 수가 없었다.

그래도 무언가 흔적은 남기고 싶은 마음에 남편과 함께 삼만 원짜리 티셔츠를 사서 입고 뿌듯하게 다녔었다. 그리고 남은 돈은 바라볼 때마다 마음이 아려서 은행에도 넣지 못하고 쓰지도 못하고 고이고이 간직하고 있었던 것이다.

지금의 신권 만 원짜리는 구권 지폐와 크기부터 차이가 난다. 세종대왕은 오만 원 권에 밀려 그 가치마저도 다이어트를 한 듯 핼쑥

한 모습이다.

 시대가 어떻게 변하던 빛바랜 봉투는 내게 있어서 힘이 되는 행복
한 보물이다.

놀랍고 고마운 마음에 할 말을 잊고
그렁그렁한 눈으로 쳐다보는 나에게 아들은
가방 속도 들여다보라고 손짓했다.

chapter 3.

꿈은
이루어진다

반려동물 이제는 가족

❀

　이른 저녁을 먹고 반려견인 '여진이'와 동네를 산책 중에 지인의
집을 지나게 되었다.

　있는 담장도 허무는 요즘인데 지인의 집에선 담장 치는 공사가 한
창이었다

　갑자기 담장 공사를 하는 이유를 물어보니 반갑지 않은 개가 정원
으로 드나드는 것이 불편해서라고 한다. 어떤 개인지 생김새를 들어
보니 기억이 났다.

　지난달부터인가 동네 앞 근처에 있는 정자 옆에서 배회하는 낯선
개를 볼 수 있었다.

　풀어져서 돌아다니는 개가 흔하지 않기도 하거니와 지나가는 자
동차를 유심히 바라보며 뒤따랐다가 다시 같은 장소로 되돌아오곤
하였다.

　그 모습을 보니 누군가 버리고 간 것이 확실하다는 생각에 안쓰럽

다는 생각을 했었다.

더군다나 작고 예쁜 애완견이 아니라 마당에서나 기르는 크기의 잘생긴 흰둥이였다.

아마도 실외에서 키우던 개의 주인이 아파트로 이사를 했거나 키울 수 없는 사정으로 인해서 유기했을 것이라는 추측을 할 뿐이었다.

담장을 치는 경비도 만만치 않거니와 답답할 것도 같아서 차라리 개를 키워 보는 건 어떠냐고 조심스럽게 물어보았다. 우리도 마당 있는 집으로 이사 와서 키우기 시작한 진돗개와 산책 중이었기에 장점을 설명하며 권하기가 좋았다. 우선 정서함양에 도움을 주고 듣는 능력이 사람의 4배나 되어 대문 밖에서부터 누르기 시작하는 초인종 역할을 하고 있기에 여러모로 안심이 된다고 하였다. 하지만 아내가 개를 싫어하고 집안에는 CCTV가 설치되어 있어서 방범에는 염려가 없으니 그럴 마음이 없다고 한다.

한때는 누군가의 집에서 가족처럼 사랑받고 살았을 반려견이 동네의 천덕꾸러기로 전락한 것에 마음이 좋지 않았다.

가끔 시내에서도 심심찮게 마주치는 유기견을 볼 수 있다. 잔뜩 겁먹은 눈으로 자동차 사이를 아슬아슬하게 피해 다니는 모습을 보면 불안하고 안타깝기 이를 데 없었다.

반려동물을 키우는 일은 한 생명을 끝까지 책임져야 한다는 책임의식이 필요하다.

일인 가족 체계와 고령화로 인하여 애견인구 1000만 시대로 접어들었다.

반려동물을 통해 정서적인 안정감과 외로움을 달래는 사람들이 그만큼 많다는 것이다.

그러나 싫증 나거나 병에 걸렸다는 이유로 버려지는 반려견이 1년에 6만 마리나 된다고 한다. 무분별한 입양도 문제가 되지만, 병원비와 사료값 등 부가적인 지출에 부담을 느끼고, 반려동물을 유기하는 경우도 많은 것이다. 이 중 새 주인을 찾는 유기견은 열 마리 중 한 마리 정도밖에 되지 않는다고 하는 가운데 문재인 대통령님이 퍼스트도그로 유기견 '토리'를 입양하여 국민들에게 큰 감동을 주기도 했다.

사람들과 정서적으로 의지하며 함께 살아가다가 버림받은 반려견을 쉽게 볼 수 있는 안타까운 현실에서 반갑고 고마운 일이다.

개가 감정이 있느냐 없느냐를 두고 논쟁을 벌인 적이 있다. 사람을 알아보고 애정을 표현하는 개에게도 분명 감정이 있다고 말하는 나에게 상대방은 개는 개 일뿐 감정이 없다고 맞받았다. 한참을 논쟁하였지만 생각은 개인의 차이일 뿐 명확한 답을 내린다는 것은 더 이상 의미가 없었다. 개를 좋아하는 분이셨지만 사랑하지는 않는다는 결론을 혼자 내렸다.

세월이 변해가면서 예전에는 마당에서만 키우던 개가 애완견이라는 이름으로 집안으로 들어갔다. 또 하나의 친구 반려동물을 가족으로 생각하고 생명으로 존중하는 문화로 성숙했으면 싶다.

사람들과 정서적으로 의지하며 함께 살아가다가
버림받은 반려견을 쉽게 볼 수 있는
안타까운 현실에서 반갑고 고마운 일이다.

사고는 순간이다

"휴가는 잘 다녀오셨어요?"

여름철이면 의례히 인사치레로 듣거나 하게 되는 질문이다.

물이 있는 바다와 계곡으로 사람들이 몰리면서 그만큼 물놀이 안전사고도 많이 나는 계절.

텔레비전에 '위험에 처한 친구 구한 20대 청년 의식불명'이라는 자막이 흐른다. 순간 "아, 어떡해…."

남일 같지 않은 안타까움에 비명이 나왔다.

소름 끼치는 소식은 기억 저편에 숨어있던 어느 해 8월의 기억이 진저리 치듯 떠올랐다.

큰아이가 고등학교 1학년 때 우리 가족들은 대야산 용추계곡으로 여름휴가를 떠났다.

예약한 숙소 '댓골 산장'은 비포장 임도를 한참 올라가는 산 중턱

에 자리 잡고 있었다. 산속의 해가 일찍 떨어진 곳에 비가 오락가락
하더니 저녁도 해결하기 전인데 장대비가 쏟아졌다.

산속이라 자가발전기를 돌려 공급받는 전기는 강한 빗줄기에 감
전 위험과 발전기 용량이 부족하다는 이유로 어둠을 밝히는 데는 촛
불로 대신해야 했다.

급한 일은 손전등으로 해결하고 어쩔 수 없이 일찍 잠자리에 들
수밖에 없었다.

밤새 내리쏟던 천둥 번개를 동반한 거친 비는 다행히 다음날 맑게
개어 햇살이 비추었다.

밤사이 내린 비로 계곡물은 많이 불어있었다. 간단한 아침식사를
마치고 일찌감치 서둘러 산장을 내려와 계곡에 자리를 잡았다.

계곡에는 윗 용추에서 머물던 물이 매끈한 암반을 타고 흘러내리
는 작은 폭포가 있었고 아래에는 깊게 파인 소沼가 있어 물놀이하기
에는 좋은 곳이라며 아이들이 좋아하였다.

제법 높은 곳에서 작은 폭포로 미끄럼틀을 만들며 떨어지는 물소
리가 시끄러워 아이들에게 구명조끼를 절대 벗어서는 안 된다는 주
의를 주고 조금 떨어진 곳에 자리를 잡았다.

시간이 지나면서 속속들이 더위를 피해 물을 찾아 들어오는 피서
객들이 상기된 표정으로 계곡을 채우고 있었다. 그 속에 남매를 거

물이 있는 바다와 계곡으로 사람들이 몰리면서 그만큼
물놀이 안전사고도 많이 나는 계절.

느린 한 가족이 등장했고 엄마인 듯한 여인이 튜브를 몸에 끼운 채 물 미끄럼틀을 타는 모습이 시야에서 사라졌다.

거기까지였다.

폭포 위에 있던 둘째 아들의 당황한 몸짓에 남편이 후다닥 뛰어가고 바위 위에서 멈칫하더니 이내 다이빙으로 떨어지는 모습을 좇는 나는 기절하기 직전이었다.

후들거리는 발걸음으로 간신히 도착해서 내려다보니 모두들 지친 기색으로 여기저기 널브러진 정황이었다.

한숨 돌리고 상황을 들어보니 튜브만 믿고 물 미끄럼틀을 타던 그 여인은 물살에 의해 튜브가 벗겨지고 떨어지면서 수심이 제법 깊은 회오리가 치는 물웅덩이에 휩쓸린 것이다.

허우적거리는 엄마를 구하겠다고 큰아들 또래인 그 집 아들이 본능적으로 뛰어들었지만 제 한 몸 건사하기도 힘든 상황이었다. 그들의 딸은 대책 없이 울부짖고만 있었다.

그 아버지 또한 수영을 못하니 우왕좌왕 손만 내밀 뿐이었고 위급한 상황에 구명조끼를 입은 우리 큰아들이 구하겠다고 뛰어든 것이다.

육중한 몸매를 자랑하는 아주머니는 물에 빠진 사람이 지푸라기라도 잡는다는 말처럼 큰아들을 짓누르니 모두 위험한 상황이었다.

그것을 보고 남편이 생각할 겨를도 없이 뛰어내린 것이다.

모든 것이 아찔했던 순간순간이었다. 여기저기서 질러대던 비명 소리는 떨어지는 폭포 소리가 게걸스럽게 삼켜 버렸다.

아들과 남편 덕에 목숨을 구하고 혼비백산한 그 가족들은 감사의 표시로 자신들이 먹으려고 가져온 수박 한 덩어리를 건네주었다. 그리고 뒤도 돌아보지 않고 짐을 싸서 돌아갔다.

그들이 계곡에 온 지 삼십 분도 채 안되어서 일어난 일이었다.

그 가족 못지않게 몹시 놀란 나는 그들이 주고 간 수박이 꼴도 보기 싫었다.

사고는 순간이다.

조그마한 부주의가 어쩌면 두 가족에게 평생의 멍에로 남을 뻔한 사건이었다.

다행히 누구도 다치지 않았고 누구의 목숨도 내어주지 않았지만 그날을 생각하면 나는 지금도 소름이 돋는다.

군화 세 켤레

우체통에는 예비군 훈련소집 통지서가 들어 있다.

타지에 나가 있는 막내아들에게 연락을 하니 이미 이메일로 통지서를 확인하였다고 한다. 휴학계를 내고 취업 준비로 한창 공부 중인 아들은 조만간 날짜에 맞춰 내려오겠다며 촉박한 시간을 하소연한다.

아들의 군복을 미리 챙기며 신발장에 깊숙이 넣어 두었던 군화를 꺼내기 위해 문을 열었다. 발 크기가 다른 군화 세 켤레가 나란히 안을 지키고 있었다.

하고 많은 나라 중에 분단된 조국에 아들로 낳아 미안하고, 금수저로 낳지 못해 미안하고, 다른 소수의 부모들처럼 부도덕하게 병역기피를 못 해 줘 미안했다.

그 미안함이 말도 안 되는 것인 줄은 알고 있지만 겉으로는 아들들에게 큰소리를 쳤다.

엄마가 건강한 아들로 낳아 줘서 신성한 국방의 의무를 할 수 있는 것이니 감사하라고.

아들만 세 명인 우리 집에는 육해공군이 다 모여 있다.

조교 출신임을 은근히 과시하는 아들들의 아버지는 육군을 다녀왔고, 위의 두 아들은 공군을 다녀왔다. 집 근처 공군부대에서 군 복무를 했던 두 아들은 휴가도 잦았고 면회도 쉽게 갈 수 있어 나름 마음의 위안이 많이 되었다.

엄마의 이러한 심정에 두 아들은 펄쩍 뛰며 아무리 집 근처에 있어도 부대 안과 밖은 공기부터 다르다며 낄낄대곤 했다.

막내에게도 공군을 지원해서 집 근처에서 의무를 다하길 원했었지만 뜻대로 되지 않고 해군으로 가게 되었다. 대학 일 년을 마치고 군대에 입대하던 날 아무것도 먹지 못하고 두려움과 긴장으로 굳어진 막둥이의 얼굴을 애잔하게 바라보던 엄마를 오히려 위로하였던 대견한 아들.

그런 막둥이가 훈련소부터 집과는 거리가 먼 진해에서 시작되더니 훈련이 끝나고 자대 배치도 연평도로 받았다.

연평 해전과 천안함 사건이 있었고 수시로 총격이 오가는 위험한 곳에서 군 생활을 해야 한다니 그 불안감은 부모로서 이루 말할 수 없는 시간이었다.

해군으로 입대한 아들이 연평도와 백령도만은 가지 않기를 바랐던 나의 바람과는 다르게 아들은 또 한 번 나를 놀라게 하였다.

모두들 기피하는 연평도에서 육지로 나올 수 있는 기회를 거부하고 제대할 때까지 연평도에 있겠다는 각서를 제출했다는 것이다.

이유인 즉 어차피 누군가는 있어야 할 곳이고 그동안 함께 생활하는 사람들과의 전우애가 좋아서였다는 것이다.

어디가 됐건 연평도라는 섬에서만 나오기를 고대하였던 나는 하도 기가 막혀 '내 아들이지만 참 더럽게 멋있는 놈'이라고 말해 주었다.

아들들이 군 복무 중일 때는 내내 뉴스에서 접하는 모든 북한 소식들에 신경이 곤두서곤 하였다. 살아오면서 나의 늙음과는 상관없이 세월이 빨리 지나가기를 바랐던 때가 바로 그때였다고 해도 과언이 아닐 것이다. 이런 안타까운 불안감이 어찌 나 혼자만의 문제였겠는가. 아들을 군대에 보내야 하는 모든 부모들의 마음일 것이다. 지금은 시대가 변하여서 장병들이 휴대폰도 지참하고 가족에게 전화도 자주 할 수 있다니 얼마나 다행인가?

지도자가 어떤 정책으로 북한과의 관계를 만드느냐에 따라 장병들의 군 생활이 힘들 수도 조금 안정될 수도 있는 것이다.

군화를 닦다 보니 지금도 아찔하게 잊지 못하는 한 사건이 떠올랐다.

장마철이 한창인 때 아들이 휴가를 나온다는 것이다. 연평도에서 하루에 한두 번 뜬다는 배가 날씨 때문인지 오후에 출항을 했고 인천에 도착해서 터미널로 이동을 하였지만 집으로 오는 버스는 끊어지고 말았다. 택시를 타고 집에까지 오라고 하였지만 거센 비바람에 택시를 잡기가 힘들다고 하였다. 수중에 돈도 넉넉지 않은 아들을 태우러 인천까지 갈 수밖에 없는 상황이었다. 집에서 출발할 때는 그나마 조금씩 내리던 비가 점점 거세지더니 번개와 천둥이 푸른 섬광을 긋고 거센 비바람은 양동이로 빗물을 모아 차창에 들이붓는 듯했다. 어찌나 쏟아지던지 와이퍼의 바쁜 몸놀림에도 한 치 앞을 내어주기가 힘들 정도였다. 두려움에 입에서는 연신 기도문이 흘러나왔고 수면 위로 미끄러지며 휘청이는 차의 움직임에 어쩌면 죽을 수도 있겠다는 공포심도 밀려왔다.

마음은 벌써 아들 곁에 가 있지만 차는 제자리걸음이라도 하는 듯 속도를 내지 못하고 있었다. 폭우 속에서 이제나 저제나 기다리고 있을 아들을 생각하면 지옥이라도 빨리 갈 판이었다. 근처에 도착해서도 아들을 찾기가 쉽지 않았다. 내비게이션이 안내해 준 장소와 아들이 있는 곳이 가까운 듯하면서도 조금 달랐다. 행여나 길이 엇갈릴까 봐 아들의 전화를 기다릴 수밖에 없었다. 일상화된 휴대폰 보급으로 대다수 사라진 공중전화부스를 찾아 헤매던 아들과 우여 곡절 끝에 연락이 닿아 간신히 만날 수 있었다.

이산가족의 상봉이 이런 기분이었을까? 아들을 차에 태우니 이제 좀 느긋해졌다. 집으로 오는 길에는 품 안에 자식을 넣고 있으니 그 제야 조금 안심이 되었다.

다시 고속도로에 들어서니 승용차의 모습은 찾아보기 힘들고, 대 신 대형 화물차들이 폭우와는 상관없다는 듯 난폭하게 달리고 있었 다.

대형차든 소형차든 그 안에는 소중한 생명이 타고 있다는 것을 아 는지 모르는지 난폭 운전은 심장을 오그라들게 만들었다.

화물차들이 눌러대는 경적에 소름이 끼쳤다.

금방이라도 밀어댈 듯 들이대는 화물차들과 쉴 새 없이 내리 꽂히 는 폭우를 이겨낼 수 있었던 건, 내가 엄마였기 때문이다.

저 멀리 집으로 들어가는 도로가 시야에 들어오자 그제야 마음의 평온이 찾아왔다. 새벽 한 시가 넘어서 집에 도착한 나는 우비를 벗 고 돌아서는 아들을 힘주어 꼭 안아 주었다.

새겨진 이름

☕

문경시 마성면 오천리에 있는 '박열 의사 기념관'을 다녀왔다.

봄바람에 갯버들이 살랑살랑 유혹하는 따뜻한 오후. 넓은 주차장에 깔끔하게 정리된 주변 환경과 봄의 전령사 생강나무 꽃도 눈에 들어왔다.

독립투사 박열에게 처음 관심을 가지게 된 것은 전주에서 활동하시는 독서동아리 지원단을 통해서였다. 지난해 6월에 영화로도 개봉됐었다고는 하지만 '박열'을 알지도 못하였기에 사실 아무 관심도 없었다.

그분의 사례 발표가 없었더라면 모르고 지나갔을 독립운동가.

교과서에서도 접하지 못한 인물인데 기념관까지 있다는 것과 영화로도 제작되었다는 것만으로도 관심을 갖기에 충분했다. 자주 오가던 문경이었지만 독립운동가의 기념관이 있다는 것도 처음 알게 된 것이다.

기념관을 방문하기 전에 이준익 감독의 '박열'이라는 영화를 먼저 찾아서 보았다.

'이 영화는 고증에 충실한 영화입니다.'라는 자막이 흐르면서 그의 대표 시 '개새끼'를 가네코 후미코가 낭독하고 일본인을 태운 인력거를 끄는 박열의 모습이 등장한다.

1923년, 관동대지진 이후 퍼진 유언비어로 6천여 명의 무고한 조선인이 학살된 것이 영화의 배경이다. 사건을 은폐하기 위해, 관심을 돌릴 화젯거리가 필요했던 일본 내각은 '불령사'를 조직해 항일운동을 하던 조선 청년 '박열'을 대역사건의 배후로 지목한다.

'조선인에게는 영웅, 일본에는 원수로 적당한 놈'으로 체포된 박열은 일본 여인 가네코 후미코와 함께 일본 제국주의 최고 권력이요 상징인 천황을 죽이기 위해 폭탄 반입을 기도했으나 실패했다. 화려한 볼거리보다는 인물 각각의 진정성을 전하고, 주인공의 내면에 접근하기 위해 일본 제국주의의 모순과 부당성을 이성과 논리로 잔잔히 보여준 영화.

특히 출연자들이 낯익은 유명 배우들이 아니어서 진지하게 더 몰입해서 볼 수 있었다.

사전 지식을 영화에서 얻고 기념관에 들어서니 제1전시실에는 박

국적과 죽음도 두려워하지 않고 사랑과 소신에 모든 것을
걸었던 그녀의 묘소에 마음의 꽃 한 송이 헌화하였다.

열이 민족주의자였다가 아나키스트로서의 길을 걷게 된 배경과 가네코 후미코와의 만남, 아나키즘과 민족주의 사상이 혼재되어 나타나는 투쟁이 조명되어 있었다.

계단과 엘리베이터로 연결되는 제2전시실에는 일제 강점기의 옥중 생활과 법정을 체험할 수 있도록 꾸며져 있었다. 언뜻 보이는 고문 도구와 잔혹한 장면은 애써 피하였지만 전해져 오는 고통에 진저리가 났다.

수많은 독립운동 가중 우리에게 익숙하지 않은 박열은 북으로 간 인물들 가운데 드물게 남과 북 모두에서 존경받는 인물로 평가받는다.

박열에 대해 우리가 잘 모르는 이유는 그가 해방 후 북한에서 살았기 때문이기도 하지만 사회주의 계열 독립 운동가들의 업적이 묻혀있기 때문이다. 이제는 이념에 관계없이 독립 운동가들을 찾아내 조명할 때가 아닌가 싶은 생각도 들었다.

해방 후 그가 남한에서 뿌리를 내렸다면 아마도 그는 현충원에 잠들어 있을지도 모르기 때문이다.

관람 후 현관 입구에서 만난 직원은 박열 의사가 영화를 통해 알려지긴 했지만 아직도 많이 부족하다며 널리 홍보해 줄 것을 부탁하였다.

자유를 위해 온몸으로 투쟁한 이방인 가네코 후미코와 독립 운동가 박열의 역사적인 삶과 이름이 확실하게 내 안에 새겨졌다.

국적과 죽음도 두려워하지 않고 사랑과 소신에 모든 것을 걸었던 그녀의 묘소에 마음의 꽃 한 송이 헌화하였다.

새똥과 박 씨

우리 집 앞에는 커다란 아름드리 참죽나무가 서 있어, 그곳에 온갖 잡새들이 날아든다.

'아침에 일찍 일어나는 새가 먹이도 많이 찾아 먹는다.'는 속담이 있듯 새벽을 깨우는 소리는 먹이를 찾는 새소리로 시작된다. 새소리 또한 가지각색이다.

천둥을 몰고 오는 소리처럼 그르렁거리는 소리도 있고 휘파람 소리처럼 날렵한 소리도 있다. 온전히 깨어 있을 때보다 반쯤 수면 상태일 때 들려오는 새소리는 은근히 미소를 머금게 하는 평온함과 행복을 준다.

그런 새들에게 종 주먹을 들이댄 것은 시도 때도 없이 무례하게 싸지르는 똥 때문이었다. 우리 집 데크가 새들에게는 공중화장실이었는지 하얗게 떨어진 새똥이 흉물스러웠다. 미처 물로 씻어내지 못하였을 때는 검보라색으로 들러붙어 잘 떨어지지도 않았다.

새로운 선행을 한 것에는 베푼 자의
기쁜 자기만족이 있다.

날아가는 새 한 마리 한 마리를 잡아다 속옷을 입혀 주고 싶을 정도로 새똥에 시달렸다.

며칠 전에는 가뭄에 타들어가는 식물들에게 물을 주던 남편이 어깨 위에 새똥 테러를 당하기도 하였다. 물어오라는 박 씨는 가져다 주지 않고 배설물만 투척한 것이다.

괘씸한 마음이 들었지만 새똥을 맞으면 운이 좋다는 속설에 슬며시 복권에 당첨되는 행복한 공상도 펼쳐 보았다. 운이 좋다는 말은 아마도 새똥 맞을 확률이 그다지 높지 않기 때문에 생겨난 말일 것이다. 동화 속에서처럼 박 씨를 물어다 주기를 기다린 데는 사연이 있다.

지난해 이른 봄 즈음,

그날도 새소리에 잠이 깨어 새벽의 신선한 공기에 감사하며 뒤란을 돌아보던 중이었다.

그런데 저만치 땅에 떨어져 있는 낯익은 물체에 순간 소름이 돋았다.

엊그제 유리창에 머리를 박고 죽은 새의 모습이 아직 머릿속에서 지워지지 않았는데 또 새가 떨어져 있는 것에 놀라 다급하게 남편을 불렀다

"아직 살아있네?"

남편은 살며시 손으로 품고 온기를 전해 주었다.

손바닥 위에서 한참 숨 고르기를 한 작은 새는 기력을 찾았는지

푸드덕 일어나 남편의 손가락 위에 자리를 잡았다. 뒤란에는 유리창이 없어서 서식처가 존재하는 것처럼 착시가 일어난 것도 아닐 텐데 어쩌다 방향 감각을 잃고 떨어지는 사고를 당한 건지 알 수 없었다.

까만 눈의 작은 새는 연신 고개를 갸웃거리며 저도 이 상황이 이해가 가지 않는다는 몸짓이다. 초롱초롱 눈망울이 살아난다. 날갯짓도 하지 않고 날아갈 생각도 하지 않는다.

새의 이름을 정확히 알지는 못하지만 야생의 새가 이렇듯 가까이 있다는 것이 그저 신기하였다. 죽지 않고 살아나서 고맙고 반가운 우리 부부의 시선이 작은 새에게서 거두어들여지지 않았다. 젖먹이 아기가 엄마 손을 꼭 쥐고 놓지 않으려는 것같이, 새는 남편의 손가락을 감아 쥔 가녀린 발가락에 힘을 주고 있었다.

새로운 선행을 한 것에는 베푼 자의 기쁜 자기만족이 있다.

이 상황이 다시는 올 수 없는 순간인 것 같아 사진을 찍자, 녀석도 눈을 깜빡이며 포즈를 취해 준다. 혼절해 있던 녀석이 깨어나 새로운 즐거움을 주는 순간이었다.

뜻하지 않게 방문한 손님은 그렇게 이십여 분을 머물다 공중으로 날아올랐다.

'잘 살아라~.' 제비 다리를 고쳐 준 흥부의 심정이 이런 것일까?

작은 행복의 해프닝이었다.

꿈은 이루어진다

"땅이 복주머니 형상이네요."

그날도 나는 부동산에 들렀다. 현장을 둘러보러 나가기 전에 컴퓨터로 번지수를 확인하던 중개인의 말에 호기심이 생겼다. 일단은 시내에서 그리 멀지 않은 곳, 그렇다고 아주 시골도 아닌 어중간한 위치가 일단은 마음에 들었다.

누가 그랬던가.

땅은 70프로만 마음에 들어도 사야 한다고….

현장에서 바라본 이 땅의 주인은 바로 '나'라는 듯, 한 치의 망설임 없이 마음에 들었다.

5년을 땅을 보러 쫓아다녔다. 수많은 매물들을 보러 다녔지만 지금처럼 한 번에 내 마음을 움직인 것은 처음이었다. 물론 조금 걸리는 부분도 있었지만 그것은 마음에 드는 것에 비하면 그리 문제 될 건 아니었다.

감나무가 세 그루 있었다.

수령 100년이 넘은 감나무라고 했다.

집을 짓기 위해 감나무를 베어야 하던 날 막걸리 한잔으로 예의를 표하며 정중하게 작별의 인사를 고하였다.

"자네들이 산 이 집터에는 이 동네에서 제일 부자가 살았었어."

집터에는 꼭 집이 들어선다는 말씀을 곁들이며 옆집 어르신은 말씀을 이어가셨다.

"내가 지금 살고 있는 우리 집에서 태어나서 이 집에서 늙었어. 내 나이 칠십 다섯인데 그때에도 이 감나무는 이곳에 있었거든."

옆집 어르신의 기분 좋은 증언에 마음이 훈훈해지며 새로운 이웃이 마음에 들었다. 어르신들도 인상 좋은 젊은 부부가 이웃이 되어서 무척 흐뭇하시다는 덕담도 잊지 않으셨다. 아무리 전원생활이라 하더라도 인가人家 없는 곳에 뚝 떨어져서 살아간다는 것은 원치 않았다. 적어도 병원이 자동차로 십분 이내로 가까운 곳에 위치한 곳이어야 한다는 생각도 변함이 없었다. 이런저런 조건으로 70프로 안에 든 땅에 새집이 지어졌다.

'뎅그렁~~.'

짝을 찾아 헤매는 풀벌레들의 소리에 대답하듯 갑자기 울려 퍼지는 풍경소리에 화들짝 놀래는 까치 한 마리.

전깃줄 위에서 살짝 졸았던 것을 들켰기 때문일까?

'깍깍깍' 무안한 마음과 놀란 가슴에 대차게 날갯짓하며 자리를 뜬다.

처마 끝에 풍경을 달아두면 풍수학적으로 좋다는 말을 듣고 며칠 전에 구입하여 걸어둔 풍경소리가 은은하게 들린다.

아마도 새로운 친구의 등장에 반가운 바람이 슬쩍 어깨를 치고 지나갔나 보다.

꿈을 꾸었었다.

내 나이 오십 줄에 들어서면 닭장 같은 이 아파트에서 벗어나 전원생활이라는 새로운 단어 속에 살아가겠다는 꿈.

저 푸른 초원 위에 그림 같은 집을 짓고 사랑하는 임과 함께 살아가겠노라는 유행가 가사처럼 누구나 꾸는 꿈.

파란 잔디 위에 하얀 백구가 뛰어노는 꿈.

막연하게나마 붙들고 살아온 내 꿈이 이루어졌을 때 깨달았다. 내가 꿈을 버리지 않는 한 꿈은 나를 버리지 않는다는 것을.

지난가을에 처마 밑에 걸어둔 시래기나물이 솔솔 불어오는 바람에 춤을 춘다.

　옹기종기 모여 앉은 통나무 땔감들도 타닥타닥 저마다의 소문들을 쏟아내며 수분을 증발시키고 있다.

　뒤란에 있는 텃밭에서는 오이, 상추, 토마토, 고추와 파, 호박, 근대 등을 펼쳐놓으며 입맛대로 고르라고 인심을 쓴다.

　텃밭에 자리 잡은 새 식구들이 어제보다 쑤욱 자라 있어 더욱 반가운 시간이다.

막연하게나마 붙들고 살아온
내 꿈이 이루어졌을 때 깨달았다.
내가 꿈을 버리지 않는 한 꿈은 나를 버리지 않는다는 것을.

송년에 즈음하여

고속버스 터미널에 먼저 도착해 있다는 그녀의 전화를 받고 몸은 달리는 버스 속에 있지만, 마음은 벌써 대합실 안을 서성이고 있었다.

어떻게 변했을까? 내가 알아볼 수는 있을까? 아니 나를 알아보기는 할까?

중학교 졸업 후 처음 만나는 친구는 궁금증과 설렘을 동반하였다. 출발 전에 버스 도착시간을 알려주었더니 미리 와서 기다려주는 배려가 고마웠다. 버스에서 내리자 북적대는 사람들 사이에서 언뜻 그녀일듯한 모습이 반갑게 손을 흔들며 웃음을 보낸다.

우리는 자석처럼 이끌리어 서로의 손을 맞잡은 채 연신 반갑다는 인사만 하였다.

누가 먼저랄 것도 없이 서로의 팔짱을 꼭 끼고 목적지 없는 발걸음을 옮기며 터미널을 빠져나왔다. 서울 경기 지역의 일기예보에 한

파와 대설주의보가 있어서인지 하늘은 심통 맞게 내려다보고 있었지만 우리의 발걸음은 가볍기만 하였다.

"너는 금방 알아보겠더라. 모습이 하나도 변하지 않았어."

"그랬니? 어린 시절 모습이 그대로 남아있는 친구들이 있긴 하지. 미처 못 알아보던 친구도 누구라고 이야기해서 자세히 보면 옛 모습이 나오곤 하는 친구들이 대부분이지만."

늦은 점심을 먹고 커피숍에 앉아서 그동안 나누지 못했던 이야기들을 풀어놓았다. 현재의 모습이 조금 낯설었지만 열여섯 나이에 잠겨 있던 추억들이 수면 위로 올라오자 낯섦은 금방 익숙해졌다. 추억이란 그런 것인가 보다. 기억이 나지 않던 것도 이야기를 나누다 보면 기억이 났다. 그곳에는 재순이도 있었고 미자도 있었고 복남이도 있었다. 추억의 배우 나스타샤 킨스키도 '테스'라는 이름으로 등장하여 대화를 이끌어 주기도 하였다. 그 시절 한때 짝사랑하던 국어 선생님께서 몇 해 전에 돌아가셨다는 소식은 놀랍고 안타까웠다. 내게는 아직 총각 선생님으로 남아 있기 때문일까? 수줍음 많던 소녀에게 환한 웃음으로 장난스럽게 이름을 불러주던 유쾌한 선생님이셨는데….

옆 테이블에서도 동창끼리의 송년회를 하는지 중년의 여인네들이 속속들이 들어서서 이야기꽃을 피우고 있었다. 간간이 들려오는 그

나이 들어 마주한 동창이 초라하고 힘들어 보이면
두고두고 마음이 아플 텐데, 곱
게 나이 들어가는 친구의 모습이 고마웠다.

들의 학창 시절 대화에 친구와 나는 눈짓으로 공감하며 깔깔깔 웃기도 하였다.

그러고 보니 몇 해 전에 걸려온 낯선 전화를 받은 것도 기억났다. 영순이라는 친구였다.

"네가 가끔은 그렇게 생각나더라. 잘 지내고 있지?"

친구의 친구를 통해 건네받은 번호로 나에게 전화를 하기까지의 과정이 그려졌다. 왜 그렇게 생각났는지는 모르겠지만, 누군가에게 그립고 보고 싶은 사람으로 기억된다는 것은 기분 좋은 일이다. 내 앞에 앉아서 눈을 마주 보며 이야기를 나누고 있는 친구도 그런 기분이리라.

세월은 그냥 가지 않았다. 연륜이라는 거름으로 우리들은 성숙되어 있었다. 외모를 보기보다 마음을 먼저 보는 편안함과 가려서 볼 줄 알고 새겨서 들을 줄 아는 나이가 된 것이다.

나이 들어 마주한 동창이 초라하고 힘들어 보이면 두고두고 마음이 아플 텐데, 곱게 나이 들어가는 친구의 모습이 고마웠다.

또 한 해를 마무리해야 하는 송년에 즈음하면 열심히 살았다고 하면서도 쓸쓸하기도 하고 그리운 얼굴들도 생각나면서 어딘지 모르게 외로워지는 감정들이 나를 이 자리로 이끌었는지도 모르겠다.

추억이란 단순한 그리움이 아니라 삶의 원동력이 될 수 있기에….

아들의 일기장

함께 생활하던 큰아들이 타 지역으로 발령이 나면서 짐을 챙겨나
갔다.

식사부터 빨래까지 모든 것이 못 미더운 엄마와는 달리 새로운 환
경에 들뜬 아들은 콧노래를 부르며 새로 얻은 원룸을 우리 집이라고
불렀다. 묘한 배신감과 함께 '든 자리는 몰라도 난 자리는 안다.'는
말을 실감하며 아들이 나간 방을 청소하고 책상을 정리했다.

이제는 버려도 될 것과 남기고 싶은 것을 구분하다 보니 제법 시
간이 걸렸다.

무거운 뱃속을 드러낸 책상 서랍 속에는 정리할 때마다 살아남은
막내의 일기장이 있었다.

초등학교 때 삐뚤빼뚤 휘갈겨 쓴 막내아들의 글씨가 정겨워 그리
움의 미소가 저절로 지어진다. 일기장 첫 페이지에는 새 공책에 대
한 예의로 정성을 기울여 쓴 깨끗한 글씨가 '오늘 나는'으로 시작되

고 있었다. 오늘의 일을 기록하는 것이 일기이고 본인이 쓰는 것인데도 불구하고 '나는'과 '오늘'로 시작되는 문장이 아이답다는 생각에 피식 웃음이 나왔다.

간혹 하루의 일을 기록하기 귀찮다는 듯 쓴 일기도 있었고 단순하게 먹고 잠을 잔 내용만을 공책 칸을 채우고도 있었다.

학교와 집을 오가며 매일 반복되는 생활에서 숙제처럼 일기를 쓴 나는 것은 곤혹이었을 것이다. 어떤 마음으로 썼든 간에 일기는 아이를 성장시켜 주었다.

저학년 때 쓴 일기는 사실 그대로의 행동을 글로 옮겼다면 고학년 때의 일기는 자기의 생각을 덧붙이고 반성과 생각을 하는 내용이었다.

특히 6학년 때의 일기 속에는 그 날의 핫뉴스를 일기장 말미에 적었다는 것도 기특했다.

일기장 속에서는 미처 내가 발견하지 못했던 아이의 성장하는 모습을 다시 엿볼 수도 있었다.

언제였던가. 하얀 봉투에 만 원 권 다섯 장과 편지를 생일선물로 받은 적이 있다.

지금도 감동으로 남아있는 그해가 아들이 몇 학년 때였는지 궁금했는데 일기장 속에서 이번에 찾을 수 있었다.

'다가오는 생신'이란 제목으로 쓴 일기 속에는 '엄마를 위해서라면 얼마든지 투자할 수 있다.'는 내용과 함께 '빨리 내일이 됐으면 좋겠다.'는 글 맺음이 있었다.

넉넉하지 못한 용돈에 얼마나 아까웠을까 싶은 마음에 더욱더 감동의 자산이 된 생일이었다.

초등학교 때 쓴 일기장이 대부분인 속에서 고등학교 때 작성한 노트 한 권이 눈길을 끌었다. 관찰일지라는 타이틀의 표지를 보고 한때 기록한 과제물인 것 같아서 버리려다가 펼쳐보았다.

아이가 훌쩍 성장한 만큼 정갈한 글씨로 깨끗하게 기록된 내용은 특이하게도 같은 반 친구들의 특성과 성격 등을 아들의 눈으로 바라본 것을 정리한 내용이었다.

한 명 한 명의 친구를 소중하게 생각하며 단점보다는 장점을 더 많이 바라본 아들의 마음이 고맙고 잘 키웠구나 하는 안도감이 들었다.

초등학교 때 쓴 나의 일기장을 중학교에 진학하면서 유치하다는 생각에 아궁이 앞에 앉아 한 장 한 장 찢어가며 불쏘시개로 태워 버린 기억이 있다.

사춘기 때는 자물통이 달린 예쁜 표지의 일기장을 구입하여 복잡 미묘하게 올라오는 새로운 감정들을 기록하며 혹시나 누가 훔쳐볼까 하는 마음에 열쇠를 꽁꽁 숨겨두기도 했었다.

그동안 쓴 나의 일기장도 지금까지 보관하고 있었다면 좋았을 텐데 라는 아쉬움이 드는 시간.

지나온 세월은 다시 되돌릴 수 없고 기억하기에는 한계가 있다.

멋진 청년으로 자란 막내아들의 모습에서 가끔은 내 품을 파고들던 개구쟁이 모습이 그리울 때가 있다.

그때마다 나는 지금처럼 아들의 일기장에 머물 것이다.

그동안 쓴 나의 일기장도 지금까지 보관하고 있었다면
좋았을 텐데 라는 아쉬움이 드는 시간.

에티켓

가끔 주부로서 가족을 위한 식사를 차리기 귀찮을 때가 있다.

식사 준비 재료가 마땅치 않거나 몸이 피곤하여 힘들 때 등 이유는 그때마다 있다.

그럴 때면 내 손으로 차리는 음식이 아닌 다른 사람의 손으로 만들어진 음식으로, 새로운 기분을 나에게 선물하기 위해 외식을 선택한다.

몸살을 된통 앓고 난 후, 집에서는 특별한 날이 아니면 접하기 힘든 메뉴가 있는 식당을 찾았다. 새로 지은 건물에 음식도 다양하고 맛도 괜찮은데 가격까지 착한 한식뷔페였다.

이십여 가지가 넘게 펼쳐진 음식 앞에 입맛대로 골라먹는 재미가 있었다. 몇 가지 먹지도 않았는데 헛배가 부른 결혼식장의 뷔페와는 다른 것도 마음에 들었다.

번잡한 시간을 피해 도착하였지만 인기만큼 아직도 많은 사람들

애국은 거창한 것이 아니라
작은 에티켓에서 시작되는 것임을 알아야겠다.

이 식사 중이었다. 느긋하게 입맛에 맞는 음식을 겨냥해서 두어 번 돌고 오니 어느 정도 배가 불렀다. 한 끼의 직무유기가 미안하지 않으려면 동행한 가족들도 맛있게 먹어줘야 한다. 다행히 다들 만족한 얼굴로 식사를 마치고 후식으로 마무리를 할 때쯤이었다. 식당 안을 요란하게 울리는 재채기 소리에 나도 모르게 주위를 둘러보았다. 별다른 기색 없이 식사를 즐기는 사람들이 눈에 들어왔다. 잘못 들었나 싶은 마음도 잠시, 또다시 연거푸 울리는 요란한 재채기 소리와 함께 눈살을 찌푸린 아들이 고개를 절레절레 흔들며 식탁에 앉았다.

"이게 무슨 소리니?"

"엄마, 저기 아주머니 표정 좀 보세요. 표정이 말이 아니죠?"

아주머니의 앞에는 아들 또래의 남자가 아무렇지도 않은 듯 음식을 담고 있었고, 청년 뒤에서 차례를 기다리던 아주머니는 음식과 청년을 번갈아 쳐다보다가 어이없다는 듯 다른 메뉴로 자리를 옮겼다. 처음과는 달리 여러 사람들의 눈총이 그 청년을 쫓고 있었다.

오래 묵은 먼지 냄새처럼 청년의 쾌쾌한 침 냄새가 음식뿐 아니라 나에게까지 전해지는 것 같았다. 갑자기 나오는 재채기를 어찌할 수는 없을 것이다. 그러나 음식에서 떨어져서 고개를 돌리고 하는 것이 최소한의 예의다.

청년의 행동은 지난해 유럽 패키지여행에서 있었던 불쾌한 기억을 상기시켰다.

호텔에서 아침 식사를 하는 동안 유난히 시끄럽게 떠드는 일행이 있었다. 현지인들 보기에 민망하여 조용히 주의를 주었지만 무슨 상관이냐는 듯 아랑곳하지 않았다. 곱지 않은 눈으로 시끄럽게 떠드는 동양인들을 바라보던 그들의 눈초리가 아직도 잊히지 않고 있다.

부끄러움은 왜 나의 몫이 되었는지….

애국은 거창한 것이 아니라 작은 에티켓에서 시작되는 것임을 알아야겠다.

요즘은 외식 문화가 많이 자리 잡고 있다. 인간관계 형성과 사회적 관계 형성으로 따뜻한 밥만큼이나 따뜻한 마음을 나눌 수 있는 것이 외식이다.

다른 사람이 상품으로 만든 음식과 서비스를 구매하여 소비하는 행위인 외식은 상품과 화폐경제가 발달한 근대 자본주의 사회에서 나타나는 식사 형태라고 볼 수 있다. 핵가족으로 바쁜 현대인들은 집에서 하는 식사보다는 인스턴트에 길들여져 있고 사 먹는 문화에 익숙해있다. 식사는 즐겁게 해야 한다. 공공장소에서 우리가 아닌 '나 '만을 먼저 생각하는 의식이 자리 잡으면 공중도덕이 위협을 받고 그것은 고스란히 내게 돌아온다.

'밥 한번 먹자.'고 이야기하는 것은 매일 먹는 식사지만 배도 불리고 서로를 알아가며 배려하고 위로하는 따뜻한 마음을 나누기 위해서다. 가족끼리의 밥상머리 교육이 있듯이 식당에서도 타인을 배려하고 존중하는 예절로 마음을 불려야겠다.

선행의 불씨가 꺼지지 않기를

가끔 성당의 어린이 주일미사에 참석할 때가 있다. 맑은 새소리처럼 울려 퍼지는 아이들의 목소리가 듣기 좋고 생동감 넘치는 분위기에 새로운 에너지를 얻어 올 수 있어 일부러 찾아가기도 한다. 그날 신부님의 강론은 한파 속에 쓰러진 노인을 구한 중학생 세 명의 이야기로 시작되었다.

학교 기말고사 시험이 있는 날이었음에도 불구하고 쓰러진 노인을 외면하지 않고 자신이 입고 있던 패딩을 벗어 노인의 몸을 덮어주며 집에까지 업어 귀가시킨 훈훈한 이야기였다.

쓰러진 사람을 보면 도와줘야 하는 것이 당연한 일이지만 많은 사람들은 외면한다.

누구나 할 수 있고 해야 하는 일이지만 그렇지 않기에 중학생들의 선행이 더 값지고 빛을 발하는 것 같았다.

신부님은 예수님이 우리에게 어떤 모습으로 오는가를 질문으로 던지셨다.

강론을 들으며 묵직하게 체증처럼 걸려 있는 일이 다시 생각났다.

이번 겨울은 예년에 비해 춥지 않아서인지 각 업체에서 겨울을 대비해 미리 만들어둔 패딩이 많이 팔리지 않았다고 한다. 패딩뿐 아니라 대체로 겨울옷 판매가 부진하여 일찌감치 세일을 하는 곳이 많으니 얼굴도 볼 겸 한번 다녀가라는 친구의 연락을 받았다. 바람도 쏘일 겸 서울에 살고 있는 친구를 만나 강남 지하상가로 함께 쇼핑을 갔다.

즐비하게 늘어선 옷들과 그 사이사이로 많은 사람들이 자신을 만족시켜 줄 물건을 찾아다니고 있었다. 나도 모처럼의 나들이에 들떠 서울깍쟁이가 다된 친구의 흥정을 대견하며 따라다녔다. 친구 덕에 몇 가지 만족한 쇼핑을 하고 또 다른 구경거리를 향해 걸어가고 있는데 흠칫 발걸음이 멈출 정도로 시선을 끄는 장면이 있었다.

"저기 사람 맞지? 요즘도 저런 사람이 있니? 얼마나 배가 고팠으면…."

시선이 비껴간 곳에 스치듯 지나온 곳에 상인이 먹고 내다 놓은 점심 잔반들을 허겁지겁 깨끗이 긁어먹는 사람이 있었다. 요즘은 흔히 볼 수 없는 광경을 서울 한복판에서 본다는 것이 다소 충격이었다.

며칠 전 우리나라의 국민 소득이 2만 달러에서 3만 달러로 넘어서는 나라가 되었다는 기사를 읽은 적이 있다. 그래서인지 더욱더 혼란스러웠다. 서울에서는 간간히 볼 수 있는 모습이라는 친구의 말에 고개를 끄덕이며 발길을 옮기면서도 내내 마음은 그곳에 맴돌았다.

한 끼라도 마음 편히 따뜻한 곳에서 밥을 먹을 수 있게 식사 값이라도 건네고 오지 못한 안타까움도 들었다. 어쩌다 노숙자의 길로 들어섰는지는 알 수 없지만 선뜻 나눔에 익숙하지 못한 나의 마음이 내면 깊숙이에서 자책으로 올라오며 마음이 불편해졌다.

먹을 것이 풍족하고 먹거리 방송이 넘쳐나는 요즘에도 절실한 배고픔에 떨고 있는 사람들이 있다는 우리 사회의 단면을 본 것 같았다.

'가난 구제는 나라님도 못한다.'는 말이 있다. 물질적인 가난 구제는 나라님도 못하겠지만 정신적인 가난 구제는 우리 모두가 노력하면 할 수 있다. 칭찬은 고래도 춤추게 한다고 했다.

언론이 학생들의 선행을 널리 알려 주었고, 많은 사람들이 관심과 칭찬을 아끼지 않으니 그들의 마음에 당겨진 선행의 불씨는 꺼지지 않을 것이다.

아울러 좋은 뉴스로 기사를 접한 신부님이 강론으로 이끌어낸 중학생 세 명의 이야기는 주일학교 친구들에게 분명한 메시지를 전해 주었을 것이다.

'가장 작은이들 가운데 한 사람에게 해 준 것이 바로 나에게 해 준 것.'이라는 예수님의 말씀이 우리 가운데 머무는 시간들이 많았으면 싶다.

쓰러진 사람을 보면 도와줘야 하는 것이 당연한 일이지만
많은 사람들은 외면한다.

chapter 4.

양철지붕을
두드리는
빗방울처럼

이웃사촌

카톡 상태 메시지에 이런 글귀를 적어놓았다

'아름다운 관계란 서로의 좋은 점을 바라보는 것.'

어디에선가 읽은 글귀가 마음에 들어서 메인으로 걸어두었다.

한 디자이너와의 인연은 5년 전으로 거슬러 올라간다. 단독 주택과 전원생활을 구호처럼 달고 다니는 남편의 작은 소망에 이끌려 시작된 전원생활.

곳곳에서 새롭게 발견한 자연의 법칙과 그와 더불어 새로운 환경에서 느끼는 재미는 긍정의 에너지로 이어지고 있었다.

이른 저녁을 먹고 느긋하게 동네 한 바퀴 산책을 하다 보면 붉게 번지는 저녁노을의 아름다움에 더 절정을 느끼는 기쁨과 만족.

비포장 농로를 걷다 보면 고라니도 만나고 이름 모를 작은 들꽃도 만나고, 길고양이들과의 눈인사도 재미 중의 재미였다.

농로 모퉁이를 돌아 집 쪽으로 가다 보면 전원주택지로 분양되는

택지에 하루가 다르게 쑥쑥 올라가는 집들이 보였다. 산책을 핑계로 새로 짓는 집을 구석구석 돌아보며 호기심을 해소하는 재미 또한 즐거움 중의 하나였다. 그러던 중에 해 저문 마당 울타리에서 환한 달빛을 벗 삼아 나무 심기에 한창 열중인 부부를 만났다. 낯선 동네에 외롭기도 하고 이웃지간에 서로 알고 지내는 것도 괜찮겠다 싶어 먼저 인사를 건넸다.

살갑게 받아주는 그녀의 남편과는 달리 나무 심기에만 열중하던 그녀가 왠지 쌀쌀맞게 느껴졌다. 얼마 후 낯선 동네에 터전을 잡게 된 새로 이사를 온 이방인들끼리의 저녁 식사 초대가 미리 알고 지내던 지인의 집에서 있었다. 달빛을 가로등 삼아 시원한 밤공기를 마시며 초대된 장소로 걸어가는 내내 별들이 뒤쫓아 왔다. 근처에 다다르니 고기 굽는 냄새가 먼저와 길 안내를 한다. 미리 와서 앉아 있는 이웃들과 반가운 인사가 오고 갔다.

그곳에서 두 번째 만난 그녀는 고기 굽기에 열중이었다. 하얀 피부에 도시적인 이미지가 강했던 그녀는 의외로 소탈하고 사람들과도 잘 어울렸다. 첫 만남에서의 차갑게 느껴졌던 선입견이 의아해지는 순간이었다. 나중에 안 일이지만 그녀는 성격상 무엇에 열중하고 있을 때에는 주변에 신경이 쓰이지 않는 것이 단점이라면 단점이라고 했다.

만남은 인연이지만 관계는
노력이라는 말이 커피 향 속에 머문다.

간단한 본인들의 소개가 이어졌다. 서로 다른 사연들이 있지만 저마다의 꿈과 희망을 안고 새로운 동네에서 함께 터를 잡게 된 공통점 하나로 우리는 가까워졌다.

나와는 다르게 창의력이 뛰어난 그녀는 뭐든지 직접 만드는 걸 좋아했다. 새로운 것에 대한 호기심이 많았고 낯선 것에 대한 도전도 마다하지 않았다.

지나간 성탄절에도 작은 천 조각들에게 글씨와 그림으로 숨을 불어넣어 준 그녀의 작품들이 공기에 잔물결을 이루며 마당에서 춤을 추었다. 소심하고 손재주가 없는 나와 다른 면을 가진 그녀가 숨 가쁘게 와 닿았다. 고향 친구가 아니어서인지 어색한 서로의 호칭에 애매해하던 그때, 그녀는 서로의 장점을 살려 김 작가와 한 디자이너로 부르자며 깔깔대고 웃었다. 남들이야 비웃건 말건 우리는 마치 신분이 격상된 듯 만족해하였다. 새로운 사람을 알게 된다는 것은 참 설레는 일이다. 길 고양이들에게 기꺼이 집사가 되어주고 머물 집도 지어주는 따뜻한 마음을 가진 그녀. 적당한 거리에서 부담스럽지 않게 서로를 바라봐주는 사람. 어느새 우리는 좋은 일은 두 배로 기뻐해 주고 마음 언짢은 일은 서로 달래주는 따뜻한 이웃사촌이 되었다. 원래의 감정을 숨긴 채 얼굴 표정과 몸짓을 해야 하는 감정노동을 하지 않아도 될 사이가 되어 버린 것이다.

찬바람이 몰고 온 겨울 내음이 진하게 난다.

햇볕이 머무는 시간에 내어 널어놓은 이불이 햇살 냄새를 가득 안는다.

투박한 커피콩을 갈고 커피 향이 후각을 뒤흔드는 냄새를 흡입하며 그녀에게 전화를 걸었다.

"커피 마시러 오시게."

만남은 인연이지만 관계는 노력이라는 말이 커피 향 속에 머문다.

차이와 차별

꽃구름

2018년 3월 14일 영국의 물리학자 스티븐 호킹이 76세의 나이로 세상을 떠났다.

루게릭 병을 앓고 있던 그는 50여 년의 긴 시간 동안 루게릭 병 환자들을 비롯한 장애를 가진 많은 사람들에게 어떤 어려운 상황이든지 이겨낼 수 있다는 꿈과 희망을 가르쳐줬다.

신체적 조건을 극복한 무한한 인간승리의 상징이며 당대 최고의 위대한 과학자임을 그 누구도 부인할 수 없는 사실임에도 그의 명성이 장애가 한몫했다고 폄하하는 사람들도 있다는 것은 안타까운 일이다. 그런 차별을 비장애인에게 이해시키고자 장애이해 강사들이 각 기관이나 학교에서 장애이해 교육을 하고 있다.

충청북도 장애인복지관에서는 장애이해 교육의 일환으로 '발달장애인 당사자 인권강사 양성교육'이 있었다. 장애인 스스로가 비장애인 속으로 걸어 들어가는 프로그램인 것이다.

호기심과 긴장이 가득한 표정의 지적 장애를 가진 발달장애인 다섯 명이 한 곳에 모였다.

먼저 인사와 함께 자기소개를 하였다. 스스로 생각은 하지만 능숙하게 자기소개를 할 수 없음에 복지사의 도움으로 미리 써온 문구를 읽으면서부터 시작되었다.

단상 앞에 나와 서는 것부터 힘들어하던 그들은 한번 두 번 세 번 반복되는 교육에 발전하는 모습이 보였다. 비장애인들의 질문에 대비하기 위한 훈련으로 가벼운 질문을 던지자 천천히 자신의 의견을 드러내기도 하였다.

경직된 분위기가 아니라 서로의 이야기를 경청하고 칭찬하고 격려하는 분위기에서 나오는 반응이었다. 지적 장애를 가진 서른여덟 살의 준영 씨는 장애인의 인권에 대하여 관심이 많았다. 비장애인으로부터 뭔가 부당한 대접을 받고, 자신들의 인권이 비장애인들의 편견으로 인해서 침해받고 있다는 것을 이야기하고 싶어 했다.

법정 기념일인 매년 4월 20일은 장애인에 대한 국민의 이해를 깊게 하고, 장애인의 재활 의욕을 북돋우기 위한 '장애인의 날'이다.

우리는 장애를 가진 사람들을 어떻게 바라보고 있었을까.

부족하고 불쌍한 사람, 나와 다른 특별하지만 불쾌한 사람으로 혹은 무섭거나 도와줘야 한다는 사람으로 생각하지는 않았을까.

편견을 가지면 그 사람의 장애만 보이지만 편견을 버리면 그 사람의 능력이 보인다.

지적 장애를 가진 사람들은 생각하는 능력이 부족해서 자신이 원하는 것을 정확히 알지 못한다고 생각되지만 그들도 자신이 원하는 것을 알고 있으며 다양한 방법으로 표현한다.

차이를 차별하지 않으려면 다름을 인정하고 다른 사람의 입장에서 생각해 보아야 한다.

차이의 정의가 상대방과 내가 다르다는 것이라면 차별은 그 다름이 어느 한 편에게 불리하게 작용하는 것이다.

발달 장애인이 그들의 장애로 인해서 표현하지 못하고 하는 문제 행동 뒤에 숨은 마음을 잘 읽어주면 그들도 충분히 사회의 일원으로 살아갈 수 있는 것이다.

장애인 종합복지관에서 직업 훈련을 받고 쇼핑백 조립과 물티슈를 생산하는 산업 현장에서 열심히 일하고 있다는 혜민 씨의 얼굴이 밝은 것은 자신의 사회 참여가 자랑스럽기 때문이다.

몸이 아픈 사람, 마음이 아픈 사람, 예기치 못했던 질병이나 사고로 장애를 가진 사람들이 따뜻한 마음과 배려하는 마음으로 더불어 살아가는 사회로 거듭나야겠다.

장애인과 비장애인 중 그 누군가는 틀린 게 아니라 그저 다른 것

뿐이므로 서로 존중해야 한다. 다르다는 것은 말 그대로 차이일 뿐 차별로 생각해서는 안 되기 때문이다.

차이의 정의가 상대방과 내가 다르다는 것이라면
차별은 그 다름이 어느 한 편에게 불리하게 작용하는 것이다.

포켓몬 고

많은 눈과 비를 예고했던 일기예보와는 달리 아침부터 회색 크레파스를 다 써 버린 것처럼 한 치의 창공도 허락하지 않는 하늘.

날씨 탓인지 우울하게 가라앉는 기분 전환도 할 겸 길을 나섰다.

차로 달려 도착한 곳은 '중앙탑'이라 불리는 충주 탑평리 칠층 석탑이다.

바람 끝이 차가운 중앙 탑에 위치한 박물관 주변에는 의외로 많은 사람들이 서성거리고 있었다. 무슨 행사가 있어서인가 하는 의문은 펄럭이는 플래카드를 보고서야 알 수 있었다.

'포켓몬 고 헌터님들을 환영합니다. 식사하는 동안 고속 충전 무료로 해 드립니다.'

여기저기 식당 앞에서 휘날리는 현수막은 어지러운 시국으로 얼어붙은 상권에 돌파구라도 되는 듯 앞 다투어 손짓하고 있었다. 지난달 국내에 출시된 모바일 게임 '포켓몬 고'가 영화시장과 맞먹는

규모로 성장했다고 하더니 그 열풍이 이곳에서도 한창인 것이다.

실시간 위치가 표시되는 지도를 보고 돌아다니면서 스마트 폰 카메라가 비추는 실제 현실 위에 가상으로 등장하는 포켓 몬스터를 사냥하는 방식이라는 것을 아들을 통해 들었다.

희귀 포켓몬이 우리 집에 출현하였다고 환호성을 지르며 기뻐하던 아들의 모습이 과장이 아니었음을 실감하는 순간이기도 했다.

박물관 주변을 서성이는 많은 사람들 중에는 삼삼오오 몰려다니는 청소년들과 팔짱을 낀 연인들, 아이를 동반한 가족들이 많이 있었다. 게임 속 희귀 몬스터 아이템을 획득하는 사냥의 재미를 만끽하기 위해 사람들 스스로 밖으로 걸어 나온 것이다.

무언가에 홀린 듯 스마트 폰에 얼굴을 묻고 배회하는 사람들의 무리를 보자 이틀 전 마주한 안타까운 장면이 다시 떠올랐다. 땅거미가 조촘조촘 잦아들던 시간, 신호등 앞에서 아기 띠에 안겨 연신 옹알이를 해대는 아기를 보았다. 아기는 계속 엄마와 눈을 맞추려 했다. 하지만 젊은 엄마의 시선은 스마트 폰에 머물러 있었고 연신 손가락으로 화면을 쓸어 올리며 캐릭터를 수집하기에 여념이 없었다.

눈은 많은 말을 한다. 눈은 영혼이 걸어 들어오는 길목이기 때문이다. 아기와 함께 모정을 쌓아가는 길목을 잠시나마 차단하는 철없음에 나도 모르게 혀를 끌끌 찼다.

눈은 많은 말을 한다.
눈은 영혼이 걸어 들어오는 길목이기 때문이다.

유명한 관광 명소에 포켓몬 고 캐릭터가 자주 출몰하자 관광객도 크게 늘었다고 한다. 다양한 사람들이 포켓몬을 찾아서 헤매는 모습을 보니 문득 어린 시절 친구들과 함께했던 숨바꼭질이 생각났다.

술래잡기는 혼자가 아닌 '우리'라는 이름이 있어야만 가능했다. 처음으로 발견된 아이가 그다음의 술래가 되고 맨 마지막에 발견되는 아이가 승자가 된다. 술래가 되지 않기 위해 전봇대 뒤에 몸을 숨기기도 했고 극성맞은 친구는 지붕에 올라 몸을 낮추어 숨기도 하였다. 열린 대문 뒤에 몸을 숨긴 친구는 바닥 틈새로 신발이 들키지 않으려 까치발을 섰던 기억이 지금은 새록새록 정겹다.

숨는 사람과 술래의 치열한 심리전에도 귀여운 배신은 있었다. 술래와 공모한 친구는 눈짓으로 몸짓으로 다른 친구가 숨은 곳을 알려주며 술래를 면하기도 하였다. 여기저기 기웃거리던 술래가 머리카락까지 꼭꼭 숨긴 친구를 찾지 못해 포기할 즈음엔 제풀에 지쳐 스스로 술래에게 발각되기를 마다하지 않았던 숨바꼭질.

'꼭꼭 숨어라, 머리카락 보인다. 꼭꼭 숨어라, 범 장군 나간다….'

모바일 게임 덕분에 깊숙한 내면에서 떠오른 기억과 행복한 혼자만의 추억에 젖어본다.

일 원짜리 막걸리

새벽부터 내리기 시작하는 궂은비가 그리 나쁘지 만은 않다.

적당히 가뭄도 해결될 수 있고 마당에서 산들거리는 화초들의 몸짓이 몹시 기뻐하는 것 같아서 나도 오히려 내리는 비가 반갑기까지 하였다.

이런 날은 부추전이나 김치전에 막걸리 한잔 하면 좋은데….

막걸리를 생각하니 친정어머니가 늘 전래동화처럼 얘기해 주시던 이야기가 생각난다.

"옛날에 네가 네댓 살 때였지 아마. 아침에 눈을 뜨고 일어나서 '아버지 나 돈 일원만'하고 손을 내민단다. 아버지가 '돈 일원은 왜?' 하고 물으면 '해장하러 가게'라고 했지. 그래서 아버지가 돈 일원을 주면 뒷짐을 짓고 슬슬 나가서 구멍가게 아주머니께 '아줌마 나 해장하러 왔어요.'하며 막걸리 한 잔 얻어먹고는 돈 일원을 도로 가져 왔단다."

"돈은 왜 안 주고 왔대요?"

"꼬맹이가 뒷짐 지고 와서 얻어먹는 술을 먹어야 얼마를 먹었겠누. 귀여워서 그냥 보내주신 거지."

이 나이가 되도록 수 없이 들었던 그 이야기를 어머니는 오늘도 회상하고 계실까?

이 나이가 되도록 수 없이 들었던 그 이야기를
어머니는 오늘도 회상하고 계실까?

호박의 변신은 무죄

아직은 시린 햇빛과 소소리 바람에 밀린 봄 햇살이 다락방 계단에 걸려 있다.

햇살에 이끌려 나의 시선이 머문 곳은 겨울 내내 집안 장식용으로 풍요롭고 느긋한 마음을 전해 주었던 늙은 호박이었다.

단단한 골격을 자랑하는 맷돌호박! 이제는 잡아야 할 것 같다. 반으로 자른 호박 속에서 실하게 여문 호박씨들을 거둬 신문지 위에 널어 말렸다.

유기농 호박씨는 이제 우리 가족의 대사능력을 향상하여주는 훌륭한 간식으로 그 역할을 할 것이다. 껍질을 벗긴 호박은 묵은지와 함께 달짝지근하고 시원한 국물 맛이 우러난 호박국으로 변신하여 저녁 식탁 위에 자리를 잡았다. 남편과 내가 제일 좋아하는 요리다.

우리말로는 '참살이'라고 번역되는 웰빙 음식으로 재탄생한 것이다.

예쁜 노란색에 수수한 호박꽃의 꽃말은
해독, 포용, 사랑의 용기라고 한다.

잎, 줄기, 꽃, 과실, 종자 등 모든 부분이 식용 또는 약용으로 이용되고 있어 건강식품으로 각광받고 있는 호박!

어린 시절에는 소꿉놀이 재료로 호박잎은 채 썰어서 나물반찬으로, 꽃의 수술은 등잔불이나 립스틱으로 응용하며 놀았던 추억이 있다.

재투성이 아가씨 신데렐라를 왕자님에게 데려다주던 호박마차를 동화책에서 만났던 날, 마루 구석에 있는 늙은 호박에게 빗자루를 겨누면서 마법의 주문을 외우기도 했다.

호박은 나의 친근한 기억과는 달리 대중에게는 못생김의 대명사로 일컬어지기도 한다.

사과 같은 내 얼굴 예쁘기도 하지요/

눈도 반짝 코도 반짝 입도 반짝반짝

호박 같은 내 얼굴 미웁기도 하지요/

눈도 삐뚤 코도 삐뚤 입도 삐뚤삐뚤

사과는 예쁘고 호박은 못생겼다는 율동까지 곁들여가며 부르던 동요.

도무지 공감이 가지 않았던 부정적인 이미지는 민요에서도 엿볼 수 있다.

> 귀머거리 삼 년이오/ 눈 어두워 삼 년이오/
> 말 못 하여 삼 년이오/ 석삼년을 살고 나니/
> 배꽃 같은 요 내 얼굴/ 호박꽃이 다 되었네
>
> —민요〈시집살이 노래〉

엉큼한 사람을 빗대어 '뒤로 호박씨 깐다' 고도하였으니 호박은 이래저래 억울할 것이다.

한방에서는 호박을 남과南瓜라고 불렀다. 허준이 지은 의서 동의보감에 따르면, '성분이 고르고 맛이 달며 독이 없고 오장을 편하게 하며 산후 진통을 낫게 하고 눈을 밝게 한다'고 전한다.

그래서일까? 가을에 수확한 늙은 호박 중에서도 가장 잘 생기고 흠집 없이 큰 맷돌호박을 애지중지 보관하셨던 어머니!

깨끗한 보자기에 정성스럽게 감싼 늙은 호박을 들고 허둥지둥 언니의 산바라지를 떠나던 친정어머니의 뒷모습이 아직도 기억 속에 있다.

늙은 호박으로 만든 호박 꿀단지는 출산한 뒤의 부기를 빼기 위한 음식으로 최고라고 한다.

호박 꿀단지는 먼저 꼭지 부분을 동그랗게 도려내고 속의 씨를 긁어낸 다음, 그 속에 꿀을 한 컵 정도 넣는다. 도려낸 부분을 다시 막아 3시간 동안 찌면 안에 물이 고이는데, 이것을 따라 마시는 것이다. 딸의 빠른 회복을 바라는 어머니의 정성이 그대로 녹아내리는 것이다. 그 맛을 궁금해하던 나에게도 세월이 흘러 어머니의 호박 꿀단지가 전해지던 날, 효능과는 상관없이 맛이 없다며 밀쳐놓는 철없는 딸을 안쓰럽게 바라보셨다.

예쁜 노란색에 수수한 호박꽃의 꽃말은 해독, 포용, 사랑의 용기라고 한다.

누렇게 익은 늙은 호박의 다양한 변신은 하나도 버릴 게 없이 아낌없이 주는 어머니와 닮았다.

어른이 사라진 사회

  가난한 옹기장수의 막내아들로 태어나 한 시대의 어른으로 사셨던 김수환 추기경이 선종한 지 어느새 10주년이 되었다. 스스로를 바보라 부른 김 추기경의 사랑과 나눔 정신은 종교를 초월해 국민들에게는 기댈 수 있는 언덕이었다.

  사회적인 이슈를 접할 때마다 늘 현재와 미래를 함께 고민하며 그리스도인들은 물론 우리나라의 국민들까지 생각한 이 시대의 어른이셨던 김수환 추기경.

  그리고 보니 2009년에 김수환 추기경이 선종하시고 2010년에는 불교계의 어른이었던 법정 스님마저 입적하시니 국민들의 상실감이 컸던 것으로 기억된다.

  모든 종교의 근본은 사랑이다. 다른 종교를 있는 그대로 인정해주고 나아가 서로 배움을 주고받을 수 있는 겸손을 몸소 보여주신 두 어른이셨다.

어려울 때 누군가에게 길을 묻고 올바른 길로 함께 갈 수 있다는 것이 얼마나 큰 위안인지 두 분을 통해 우리는 익히 알고 있다. 나라가 혼란스럽고 시끄러울 때마다 대한민국의 '어른'으로 칭송된 김추기경님과 법정 스님은 그래서 여전히 그리운 사람들인가 보다.

구정 연휴가 끝나고 어느 모임에서 요즘 어른에 대한 이야기들이 화제로 올랐다.

집안 어른의 역할도 시대에 따라 변해야 한다는 생각을 하기도 전에 어쩔 수 없이 바뀌어야만 하는 사회적 구조에 씁쓸하기도 하였다.

명절을 맞아 온 가족들이 모이다 보니 갖가지 이야기들이 집안의 특색대로 대화 속에 나왔다. 먼저 호칭에 대한 이야기로 시작된 나눔에서는 남편을 오빠로 부른다거나 시누이를 언니로 부르는 것은 이제는 애교 수준이라고 입을 모았다.

몇 년 전까지만 해도 방송에서 남편을 오빠라 부르는 출연자를 아나운서가 그때그때마다 남편이라고 고쳐서 대변해 주기도 했었다. 그러나 이제는 너무도 자연스럽게 모든 방송에서 남편을 오빠라고 부르는 것을 흔히 볼 수 있다.

촌수 가계도가 무색할 뿐이다. 시대가 그만큼 변한 것이다.

처음 남녀가 만나 관계 형성에서 습관처럼 배인 호칭을 결혼과 동

세상에서 대인 관계처럼 복잡하고 미묘한 일이 또 있을까 싶다.

시에 바꾼다는 것은 서로에게 어색하고 불편할 수도 있을 것이다.

오빠라고 부르는 것을 탐탁치 않게 여겼는데 한 술 더 떠서 결혼을 한 남녀가 집안 어른들이나 그 부모 앞에서 하대하듯 'OO야'라고 이름을 부르는 모습을 바라보는 마음은 아무리 생각해도 불편하고 때로는 민망하기도 하다.

관습이나 법률에 따라 부부 관계를 맺는 제도인 결혼은 법적 사회적으로 관계를 인정받으며 배우자와 자녀에 대한 권리와 의무가 부여된 어른이 되어가는 것이다.

'OO야'라고 부르기보다는 'OO 씨'라고 불러주며 서로 존중하는 모습을 보여 달라고 짚어주는 것도 어른이 할 도리일 것이다.

세상에서 대인 관계처럼 복잡하고 미묘한 일이 또 있을까 싶다.

사람은 누구나 자기만의 고정관념으로 저마다 자기 나름의 이해를 가지고 있기 때문이다.

갓 시집온 새댁이 시댁에 와서 시어른들에게 같이 식사하자는 말도 없이 시아버지와 마주 앉아 먼저 밥을 먹는 모습이 황당하였다는 말에 두 가지 반응이 있었다.

한 부류는 요즘 아이들 다 그러니 이해해야 한다는 사람들과 또 다른 부류는 집안의 어른으로서 기본적인 예절은 이야기를 해 줘야 한다는 사람들도 있었다.

후자의 말에 동의한다는 말에 '유교의 시조始祖인 공자는 죽었다.'라고 답하는 사람도 있었다. 그래 봤자 젊은 사람들에게 미움만 받는다는 것이다.

다양한 생각들이 공존하는 것을 알 수 있었지만 왠지 씁쓸한 기분이다.

나이가 많아서 어른이 아니라 의무에 대해 진지하게 생각하는 건강한 어른이 그립다.

아픔은 이제 그만

긴 겨울 방학을 마치고 새 학년이 되어 학교에 등교하는 활기찬 학생들을 바라보는 마음은 뿌듯하고 보는 것만으로도 저절로 미소가 지어진다.

건장한 고등학생 한 무리의 친구들이 생기 있게 공기를 가르며 뛰고 장난치는 모습 뒤로 또래보다 작은 학생이 무심한 표정으로 등교하는 모습이 보였다.

그 모습을 보니 지인의 착한 얼굴을 닮은 그녀의 아들이 떠올랐다.

태어날 때부터 약했던 지인의 아들은 그녀에게는 늘 아픈 손가락이었다. 또래보다 작은 키와 왜소한 몸으로 초등학교에 입학하여 걱정스러웠지만 다행히 친구들과 함께 잘 어울리며 별문제 없이 졸업을 하였다.

문제는 중학교 때부터 시작되었다고 한다. 학교를 가기 싫어하고 어딘지 모르게 시들시들 시들어가는 자식을 바라보는 어미의 마음은 그야말로 애간장이 다 녹는 것이다.

이유를 물어도 이야기하지 않는 아들의 상태를 먼저 파악한 것은 병원 의사 선생님이었다. 무언가 아이의 상태가 심상치 않으니 잘 살펴보라는 조언을 듣고, 그러지 않아도 2학년이 되고부터는 부쩍 전학을 시켜 달라고 떼를 쓰는 아이가 이상하기는 하였지만 말을 하지 않으니 사정을 알 수 없었다고 한다.

아이의 외침을 건성으로 듣던 가족들은 학교 폭력으로부터 한계에 달한 아들이 집을 나가 거리를 방황한다거나 아프다는 이유로 잦은 결석을 하며 학교에 가지 않으려고 할 때 사태의 심각성을 알게 되었다는 것이다.

왜소한 아이는 마음도 여렸기에 괴롭힘을 당해도 당차게 대들지 못했고 가해 학생들 역시 자신의 잘못을 인식하지 못한 것인지 습관처럼 혹은 재미 삼아 아이를 괴롭혔던 것이다.

친구들이 지켜보는 운동장 한가운데에서 바지가 벗겨지는 심한 모욕을 당하고 폭행과 공갈 협박도 당했다. 아이가 의지할 수 있는 대상이 없다는 것에 무력감과 공포심으로 고립되기 시작한 것이다.

누구도 도와주지 않는 그 아이 에게는 모든 사람들이 자신의 목을 조르는 괴물이었던 것이다. 친구라도 한 명 있었다면 숨 쉴 구멍이라도 있었을 텐데 가해 학생들은 친구를 만들 기회마저도 훼방을 놓고 왕따를 시키며 투명인간 취급을 하였다는 것이다.

결국 아이는 중학교를 졸업하지 못하고 3학년이었던 그해 여름에 자퇴를 하고 말았다.

나는 안타까움의 비명이 나왔고 지인과 함께 먼 산을 바라보며 눈물을 지었다.

한 학기를 남겨놓고 자퇴를 결심하게 될 정도로 아이는 힘들었던 것이다.

자퇴 후, 내 자식이 사회에 적응하지 못한다는 것을 이해하거나 용납할 수 없었던 아버지에 의해서 중·고등 검정고시를 치렀지만 이미 마음의 상처가 있던 아이는 대인 기피증이 생겼고 환청과 환시에 시달리곤 하였다.

깊은 우울증과 대인기피증으로 방 안에서 나오려 하지 않는 아이는 자신만의 섬에 갇혀 약을 먹고 입원을 반복하며 지냈다.

얼마나 아팠을까….

모든 것이 자신의 죄라고 생각한 어머니의 헌신적인 사랑과 보살핌으로 어느 정도 낫는가 싶었지만 대한민국 남자라면 누구나 가게 되는 군대라는 문제가 아이에게 또 다른 억압으로 다가왔다.

몸은 자랐지만 마음의 상처가 아물지 못한 아이는 호전되던 증세가 다시 제 자리 걸음이 되고 또다시 입원을 반복하게 되었다.

다행히 그동안의 진료 기록으로 군 면제를 받았다. 그러기까지 얼마나 많은 가슴을 조이며 기도하였던가.

요즘은 안정을 찾아가며 무언가 해 보려는 모습에 가슴을 쓸어내린다는 지인.

그녀는 가해자들과 학교 폭력을 향해 어디든 뛰어가서 외치고 싶다 했다.

'장난 삼아 던진 돌에 개구리는 맞아 죽는다.'며 가해자들로 인해 소중한 한 사람의 인생이 망가지고 가족들도 깊은 고통 속에서 살아간다는 것을 아느냐고.

몸은 자랐지만 마음의 상처가 아물지 못한 아이는
호전되던 증세가 다시 제 자리 걸음이 되고
또다시 입원을 반복하게 되었다.

외할머니 간장 맛은 최고

아직도 바깥의 열기는 식지 않았다.

바깥을 노려보며 해가 넘어가기를 기다리고 있는 이유는 뒤란에 놓인 장독대로 된장을 푸러 가야 하기 때문이다.

장독대까지 가는 길이 무슨 천리 길이라도 되는 양 무더위로 지친 몸은 조금의 타협도 하지 않으려 했다. 드디어 저녁놀이 창문으로 기웃거릴 때 슬며시 자리에서 일어났다.

장독대 위에는 텃밭에서 수확한 애호박이 뽀얀 속살을 드러내며 수분을 증발시키고 있었다.

이웃과 충분히 나눠 먹고도 남은 애호박이 아까워서 언제 해 먹어도 좋은 호박고지 나물로 햇볕에 건조하는 중이다. 채반 위에서 구들구들 말라가는 호박고지 나물의 매력은 쫄깃쫄깃한 식감에 있다. 어렸을 때 친정어머니가 만들어 주신 맛이 잊히지 않아 내게는 별미로 등장하는 음식이다.

된장을 푼 항아리 속을 다독거리고 돌아서는데 간장독 위에 덮어 둔 항아리 유리뚜껑 속으로 내 그림자가 간장 위에 떠 있다.

허리를 굽히고 뚜껑을 열었다. 작년보다 간장의 수위가 많이 줄었다. 그냥 지나치면 서운하다는 듯 자연스럽게 손가락으로 간장을 찍어 맛을 보았다.

깊은 맛없이 아직은 짠맛이 더 강하게 혀끝에 걸린다.

가끔씩 삶이 지치고 문득 떠나고 싶어질 때면 무작정 고향 같은 외할머니 댁으로 향하곤 했었다.

어느 날이었던가.

그날도 시끄러운 속을 달래려 무작정 길을 나섰다.

불어오는 바람은 어디론가 바삐 지나가고 길가에 낙엽도 바람 따라 온몸으로 굴러가는데 갈 곳도 없던 나의 발길이 찾아 멈춘 곳은 외할머니 댁이었다.

"누구슈."

눈에서는 반가움이 가득 묻어나면서도 입으로는 장난 끼 어린 할머니의 표정이 먼저와 반긴다.

"지나가던 처자인데 이 집에 온순한 할머니가 계시다고 해서 얼굴이나 보려고 들렸지요."

"잘 오셨소. 내 이름이 정 온순 인건 어찌 아셨소?"

"그러게요. 어떻게 알았을까요? 호호 흥."

품 안에 쏙 안기는 할머니를 돌아 세우며 마루 위로 올라갔다. 찬 기운이 마룻바닥 위에서 발바닥으로 시원하게 전해졌다. 오랜만에 등장한 손녀딸이 반가운지 이것저것 먹을 것을 꺼내 놓으시는 외할머니의 분주한 손길에 마음이 푸근해졌다.

"할머니 춘추가 올해로 몇이신가요?"

할머니의 무릎을 베고 누워 매년 바뀌는 연세가 궁금하여 발가락을 까딱이며 장난스럽게 여쭈었다. 올해로 여든여덟이시라고 한다.

"아유, 할머니 아직 팔팔하네."

까르르 웃어가며 던진 농담에 눈치 빠른 할머니도 맞받아치신다.

"그려. 내 나이가 팔십팔 세니 팔팔하다 팔팔해!"

"마저. 마저."

"때려라. 때려."

은근히 농담을 즐기시는 할머니도 나도 모처럼 크게 웃었다.

웃는 할머니의 모습이 하훼탈 같다.

지척에 둔 부엌 나들이가 오랜만인 듯 할머니의 부엌 문지방에 몇 달째 앉아있던 먼지가 떨어져 나가는 게 보인다. 바닥 깊은 부엌으

간장 위에 떠 있는 검게 절은 박 바가지처럼 왠지 짠한 마음이다.
약지 손가락을 뻗어 간장을 찍어 먹어보았다.
달았다.

로 들어서자 할머니 옆으로 입을 막은 아궁이가 검게 그을린 문신을 드러낸다.

혼자 생활하고 계시는 할머니께서는 나이가 드니 먹는 것마저도 귀찮고 힘들다며 방안에 가재도구를 가져다 두고 간단하게 식사를 해결하곤 하셨다.

워낙 소식小食을 하시기도 하거니와 불편한 부엌을 드나드는 것이 힘에 부쳤기 때문이다.

부뚜막에 쌓인 먼지를 보니 아예 사용을 하지 않은 흔적도 역력하다.

손때가 묻은 오래된 찬장에서 대접 하나를 꺼내신 할머니는 나에게 장독대로 가서 간장을 퍼오라고 하신다. 할머니의 심부름은 잠시 미뤄두고 지금은 싱크대에 밀려 볼 수 없는 골동품 같은 찬장 문을 열고 닫으며 호들갑을 떨었다.

"이야~ 찬장 오랜만이네. 우리 집에도 옛날에 3단짜리 찬장 있었는데…."

간장독을 열고 보니 간장 위에 띄워둔 조롱박 바가지가 새까맣게 절어 있다. 수십 년을 할머니와 함께 간장독 안에서만 살아온 조상 같은 존재이다.

삼십 대에 혼자되시어 살아온 할머니의 힘겹고 서러운 지난날이 그 안에 스며들어있는 듯했다.

힘겨운 삶에 질기디 질긴 목숨이 모질다고 하시며 평생을 외로운 삶을 살아오신 분.

등 굽은 꼭짓점에 앙상한 뼈마디가 선명하다.

간장 위에 떠 있는 검게 절은 박 바가지처럼 왠지 짠한 마음이다.

약지 손가락을 뻗어 간장을 찍어 먹어보았다.

달았다.

간장은 짜다고만 인식되어 있는데 달다는 것을 그때 알았다.

도대체 얼마만큼 숙성되어야만 이런 깊은 맛을 낼 수 있는 것일까.

기다리는 것에 익숙지 않은 현대인들이 찾는 화학간장에서는 도저히 찾을 수 없는 우리 전통의 깊은 맛이다. 어느 신문에서 보니 담근 지 100년 된 간장이 천만 원에 팔렸다는 기사를 읽은 적이 있다. 그만큼 귀하다는 뜻일 것이다.

그래서일까, 음식뿐 아니라 속이 거북할 때도 간장을 소화제처럼 물에 타서 드시곤 하셨던 할머니.

앞마당에서 금방 베어온 부추 위에 고춧가루와 그 깊은 맛의 조선간장을 슬슬 뿌리니 그것이 할머니 요리의 완성이었다.

엄지가 저절로 척 올라가는 최고의 맛이다.

양철지붕을 두드리는 빗방울처럼

요란하게 울리는 알람 소리에 맞춰 슬며시 한쪽 발을 들어 창문을 열었다.

밤새 창문 옆에 쪼그리고 앉아 있던 바람이 기다렸다는 듯 부지런히 새소리를 업고 훅 들어온다. 새벽녘에 들렸던 빗소리가 마당 앞을 흐르는 도랑물 소리에 업혔다.

산에서 시작되어 흘러 내려오는 저 도랑물에서 언젠가는 방망이 펑펑 빨래를 빨아보고 싶다는 생각을 하며 아침 산책 준비를 하였다.

백구 여진이를 앞세워 남편과 함께 풋사과가 즐비한 농로를 걷다보니 과수원에 메어져 있는 수컷이 안달을 한다. 여진이의 씰룩거리는 엉덩이는 내가 봐도 귀엽기 그지없다.

사람이건 짐승이건 사랑받는 자의 표정은 다르다.

도도하고 편안하게 엉덩이를 실룩거리며 걷는 여진이와 밤사이

지나는 길에 눈길을 끈 빨간 열매 모양인 인삼 꽃이
정열적인 아름다움을 가지고 있구나, 라는 생각을 할 때
슬며시 보슬비가 내리기 시작했다.

과수원 들판에서 들짐승과의 실랑이로 토막잠을 잤을 수컷은 때깔부터 달랐다.

분홍색 산책 줄에 경중경중 신나는 발걸음을 옮기는 여진이.

딸이 없는 우리 집에서 딸 역할을 충실하게 하고 있는 애교 만점의 진돗개다.

찌룩찌룩 허공을 가르는 이름 모를 새의 날개 짓 사이로 금방이라도 눈물 뚝뚝 흘릴 것 같은 흐린 하늘이 우산을 들고 나올걸 그랬다는 후회로 밀려왔다.

우산이라는 거추장스러운 물건을 산책길에 들고 나서기가 귀찮기도 하였지만 비가 내리기 전에 산책을 끝내리라는 계산도 깔려 있었다.

느긋해야 할 산책길에 귀찮음의 대가는 발걸음을 빠르게 재촉하였다.

평소보다 서늘한 기온에 여진이는 기분이 좋아 지칠 줄 모르고 앞서 걷고 있다. 그러다가 잠깐 멈추고 집중하며 공격의 자세를 취하는 눈길을 따라가 보니 고라니 새끼 한 마리가 겁먹은 눈으로 풀숲에 숨어 있다.

목줄 때문에 자신의 용맹스러운 기량을 성질 것 펼치지 못하는 여진이를 달래 가며 발길을 재촉하였다.

무거운 구름 사이로 물잠자리 한 마리가 낮게 날고 있다가 이내 모습을 감춘다.

지나는 길에 눈길을 끈 빨간 열매 모양인 인삼 꽃이 정열적인 아름다움을 가지고 있구나, 라는 생각을 할 때 슬며시 보슬비가 내리기 시작했다.

혹시라도 비가 내리면 뒤집어쓰리라 마음먹고 들고 나온 바람막이 옷.

그 옷에 달린 모자로 머리를 보호하고 걸음을 재촉하며 걷다 보니 생각보다 걸을 만했다.

보슬보슬 내리는 비가 빠르게 걷던 발걸음을 오히려 조용히 사색의 길로 인도하고 있었다.

여진이와 앞서 가던 남편도 서두르는 기색 없이 길가에 호박잎을 따서 머리에 우산처럼 쓰고 산책을 즐긴다.

여진이도 불러 세워 호박잎을 씌우니 거추장스럽다는 듯 고개를 절레절레 흔든다.

순수의 시간으로 돌아간 듯 뒤돌아보며 씽긋 웃는 남편의 모습은 순수하다 못해 섹시해 보이기까지 했다. 저 호박잎이 토란잎이나 연잎이어도 좋겠다는 생각도 들었다.

지금 감성대로라면 보슬비도 장대비도 다 좋을 것 같은 넉넉한 마음이다.

어차피 젖은 몸. 굵은 빗줄기만 아니면 굳이 뛸 필요는 없다.

오랜만에 찾아온 반가운 감성을 충분히 촉촉하게 적셔주고 싶었다.

자연으로 들어와 눈과 귀로 듣는 빗소리의 매력은 들어본 사람만이 안다.

타악기를 연주하듯 꽃잎에, 나뭇잎에, 비닐하우스 위에, 대지위에 떨어지는 빗방울의 연주가 한창일 때 들짐승도 날짐승도 가만히 귀기울여 빗소리를 듣는다.

오늘도 저 멀리 과수원 입구에는 붉은 양철지붕을 머리에 쓴 빈 집이 들판을 지키고 있다. 산책길에 내가 유난히 좋아하는 풍경 중의 하나이다.

농사에 필요한 농기구를 넣어둔 창고로 전락하였지만, 굴뚝에서 따뜻한 연기가 올라오던 훈기 가득한 순간도 있었을 양철지붕.

후두두둑!

빗방울이 굵어졌다. 갑자기 마음이 급해졌다.

누가 먼저랄 것도 없이 눈앞에 보이는 빈 집을 향해 뛰었다.

꽃들의 가슴을 조용히 두드리던 빗방울이 사선을 그으며 요란하게 양철지붕에 내려앉는다.

우리는 양철지붕 처마 끝에서 발끝을 세워가며 비를 피하는 듯하였지만 사실은 제대로 비를 즐기고 있었다.

아프다고 울만큼 울었을 양철지붕의 눈물이 낙숫물이 되어 줄줄줄 흘러내린다.

삶이란 이렇듯 울고 웃는 양철지붕을 두드리는 빗방울 같은 것….

꽃들의 가슴을 조용히 두드리던 빗방울이 사선을 그으며
요란하게 양철지붕에 내려앉는다.

봄눈

  나무에 새순들이 삐죽삐죽 입술을 내밀고 따사로운 봄볕을 업은 바람이 봄을 알리듯 펄럭이고 있다. 출발선에 서 있던 봄바람의 신호였던가. 집 안 앞마당에 매실나무로 꽃을 피우며 포문을 열더니 이내 진달래와 산수유꽃이 '봄의 전령'으로 들어섰다.

  화려한 봄 잔치를 한창 준비 중인 목련과 벚꽃 중에서도 성질 급한 놈들은 벌써 얼굴을 내밀고 세상 구경이 한창이다. 다음에 내 차례라는 듯 마당의 꽃잔디도 봄의 향연을 준비 중이다. 사람들의 옷차림 또한 어정쩡하게 겨울인 듯 봄인 듯 갑자기 찾아온 꽃샘추위에 서성거리고 있다. 밀려가는 계절과 다가오는 계절 사이에서 보내고 맞는 것에 우왕좌왕하며 사계절의 옷차림이 모두 등장하는 시기가 이맘때쯤이기도 하다.

  잎을 만들기도 전에 노란색 꽃을 피워내는 산수유꽃 축제를 준비하는 경북 의성에 다녀왔다. 우리나라의 산수유마을에 꽃 축제는 구례와 의성 그리고 이천에서 크게 열리고 있다. 그중에서도 경기도 이천은 몇 차례 다녀왔기에 새로운 곳으로의 여행 겸 올해는 의성으로 정하였다. 행사가 열리기 하루 전이라 관계자들이 바쁘게 움직이며 미리 설치된 천막들 사이로 내일 열릴 축제 준비에 한창이었다. 축제 당일에는 자동차가 마을 안쪽으로는 진입하지 못하지만 그날은 행사 전이라 차를 타고 이동하여 마을 안쪽에 주차를 할 수 있었다. 광범위하게 펼쳐져 있는 산수유꽃을 보기 위해 모인 사람들의 발길이 여유로워 보였다.

'마을의 봄소식이 산수유로부터 온다면 산의 봄소식은 생강나무로부터 온다.'라는 말이 있듯이 마을 주변에서 흔히 볼 수 있는 나무는 산수유고 산에서 주로 볼 수 있는 것은 생강나무이다.

산수유꽃은 생강나무 꽃과 생김새가 비슷하지만 다르다.

생강나무 꽃은 꽃자루가 짧아 나무에 바짝 붙어서 몽글몽글 피고 산수유꽃은 잎자루가 길어 가지에서 떨어진 듯 핀다. 지난가을에 노란 은행잎에 미처 다 쏟아붓지 못한 물감이 하느님이 쥐고 있는 붓 끝에 남아있었는지 톡톡 가벼운 붓 터치로 꽃망울을 터트려 온 마을을 노란색 물결로 만들었다. 봄의 축제요 마을의 큰 행사인 의성 산수유마을에 꽃 축제가 성황리에 끝낼 수 있기를 바라며 안동에 있는 봉정사로 발길을 옮겼다.

안동시 서후면 태장리에 자리 잡고 있는 조계종 봉정사에서 만난 또 하나의 봄의 전령사는 키 작은 아이 '현호색'이다.

꽃말은 보물주머니 혹은 비밀이라고 하는데 그냥 지나쳐 버리기 십상일 정도로 그리 화려하지 않지만 허리를 숙여 한번쯤 들여다보고 싶은 마음이 드는 것을 보니 꽃말은 비밀이 더 어울리는 것 같다.

꽃구경을 하고 온 다음 날에는 생각지도 못하는 봄눈이 내렸다. 오전에 말짱하던 하늘이 오후에 접어들면서 빗방울을 뿌리기 시작하더니 이내 진눈깨비도 동반하였다.

진눈깨비는 다시 거센 눈발이 되어 일시에 하얗게 쏟아졌다. 마치 벚꽃 잎이 휘날리듯 한 치 앞을 볼 수 없던 모습이지만 그 아름다움은 선녀가 비처럼 내려오는 듯 장관이었다.

한동안 따사로운 봄 햇볕에 느슨해진 마음으로 옷차림도 가볍게 외출을 하였는데 갑자기 옷깃을 여미게 하는 황당함이 그리 나쁘진 않았다.

겨울에도 제대로 보지 못한 설경을 잠깐 사이에 내리던 봄눈이 아름다운 풍경을 그려 주었기 때문이다. 꽃을 시샘하는 추위는 지난해에도 미리 내다 놓은 화분을 강타하고 지나갔는데 올봄에도 여지없이 찾아와서 풀어진 마음을 살짝 여며놓고 갔다.

그래도 봄이 오니 참 좋다.

권리금 없는 가게

내가 다니는 성당에는 교우들에게 '롤 모델'이 되고 있는 노부부가 있다.

서로 존중하며 사랑하는 모습이 보는 이로 하여금 닮고 싶은 마음을 갖게 하는 아름다운 사람들이다.

"우리 부부는 세례명이, 나는 '라파엘', 집사람은 '분다'여서, 한마디로 '나팔 분다'라고 어디 가서는 소개를 하지요."

밝은 기운과 긍정의 힘 속에 유머가 있는 남편분의 말은 주위에 있는 사람들을 웃음으로 이끌며 즐겁게 해 준다.

기분 좋은 사람들과의 만남은 새로운 에너지를 얻을 수 있어서 참 좋다.

그날도 부부 동반으로 웃음꽃 만발한 분위기에서 서로의 살아온 이야기를 나누게 되었다.

직장 생활만 하다 나이를 먹은 사람들의 최대 고민은 백세 시대에 맞지 않는 이른 퇴직이다. 사람의 수명이 백세 혹은 백이십 세까지도 가능하다는 시대라기에 명예퇴직은 그래서 더 부담인 것이다.

1997년 IMF가 터지면서 기업이 연쇄적으로 도산하기도 하고 많은 회사들이 부도 및 경영위기가 있었다. 이 과정에서 대량 해고와 경기 악화로 온 국민이 어려움을 겪었다. 라파엘 부부의 삶도 그 소용돌이에 휘말려 명예퇴직의 위기에 서 있었고, 동료들끼리 서로 눈치를 보면서 살아남으려 할 때 '구차하지 말자.'라는 생각으로 34년간 몸담았던 직장을 나왔다고 한다. 아직은 일할 수 있는 나이에 직장을 잃었다는 것이 불안하기는 하였지만 퇴직 후 무언가 할 일이 있어야 한다는 대비책은 다행히 마련되어 있었다.

아내인 '분다' 자매가 'take out coffee shop'을 개업하여 장사를 하고 있었기에 조금 위안이 되었다고 한다.

처음에는 장사가 잘 되지 않았지만 커피숍이 있는 가게가 대학교 근처라서 개학이 되자 서서히 매출이 늘어갔다. 신선한 재료로 열심히 하자 식사시간까지 놓쳐야 할 정도로 장사가 잘 되었고, 몇 년 후 상가도 매입하게 되었다고 한다.

남들은 잘못된 투자로 퇴직금을 날리기도 한다는데 돈을 쓸 시간도 없이 문전성시를 이루는 장사에 감사할 뿐이었다는 부부.

서울에서 그렇게 13년을 해온 커피 장사를 접은 것은 손주들을 돌

보러 이곳 충주로 내려오게 되면서부터이다. 가게를 다른 사람의 손에 넘기게 되었을 때 장사가 잘 된 것에 감사하는 마음으로 권리금은 받지 않았다고 한다.

모두가 어려웠던 그때를 회상하며 본인은 권리금을 주고 들어왔지만 가게를 넘길 때는 권리금 없이 넘겼다는 것이다. 그리고 새 주인도 다음에 가게를 그만 둘 때는 권리금을 받지 않겠다는 내용을 계약서에 남겼다고 한다.

계약 조건이 권리금을 받지 않겠다는 서약이 우선이었다니 얼마나 멋진 일인가.

비싼 권리금을 주고 들어와 가게를 운영하던 사람들이 장사가 생각대로 되지 않았을 때 쉽게 포기하지 못하는 것은 권리금 때문이다. '울며 겨자 먹기'로 보증금까지 손해를 보는 안타까운 모습을 옆에서 지켜보았다는 부부.

사회면 기사에서 후임자를 구하지 못하고 권리금을 포기한 채 쫓겨나는 임차인을 다룬 뉴스를 얼마 전에 나도 본 적이 있다.

지금 그 가게에서 장사를 하고 있는 세입자는 권리금이 없어 홀가분한 마음으로 열심히 살아가고 있다고 한다.

부부의 넉넉하고 훈훈한 이야기는 아무나 할 수 있는 일은 아닌 것 같아 감동이었다.

어렵겠지만 자신들과 같은 생각을 가진 사람들이 많아지기를 소망한다는 따뜻한 이웃들이 곁에 있어 오늘도 행복하다.

부부의 넉넉하고 훈훈한 이야기는
아무나 할 수 있는 일은 아닌 것 같아 감동이었다.

귀 잘린 고양이

만식이 다 돼 보이는 길고양이 두 마리가 힘겹게 마당을 어슬렁거리는 모습이 심란하다.

생후 8개월이면 임신이 가능한 암고양이의 임신 기간은 고작해야 두 달이다. 짧은 임신 기간으로 일 년에 몇 번씩 임신을 하는 암컷의 운명은 양육과 임신으로 일생을 보내는 것이다.

처음 길고양이에게 사료를 주게 된 것도 '야옹이'라는 이름을 붙여 준 녀석이 새끼를 낳으면서부터였다.

몇 달 전에도 야옹이는 새끼 다섯 마리를 뒤란에 놓아둔 종이박스에 낳았다. 그리고 일주일 정도 지나자 무엇이 불안했던지 새끼를 다른 곳으로 옮겼다. 다른 암컷의 길고양이들도 번갈아가며 새끼를 물어오고 나르기를 반복하는 것이 이제는 별로 놀라울 것은 없지만 암컷들의 운명이 참 서글퍼 보였다. 그러던 중 충주시에서 길고양이에게 중성화 수술비를 지원하는 TNR 사업을 하고 있다는 소식을 접한 것이다. 듣던 중 반가운 소식이었기에 바로 신청을 하였다. 생식 기능을 제거하는 중성화 수술을 통해 대상 동물의 개체 수를 조절하는 것이 목적인 TNR은 길 짐승을 포획해 중성화한 다음 방사하는 것을 말한다.

중성화 수술은 지정된 병원에서 유기묘뿐만 아니라 유기견도 함께 진행하고 있어서 대기 시간은 길 것이라고 하였다. 야옹이가 새끼를 낳은 지 얼마 되지 않았기 때문에 그것은 오히려 잘 된 일이었다. 수유를 하는 동안에는 어미의 건강과 새끼들의 안전을 위하여 수술을 할 수 없기 때문이다. 야옹이가 물고 나간 새끼를 잘 키우고 있을 것이라 생각하였는데 생각보다 일찍 젖이 말라 있었다. 아마도 다 실패를 한 것 같다. 녀석의 상태를 설명하며 다시 연락을 했고 또 다시 임신을 하기 전에 포획하여 수술을 하기로 하였다.

중성화 수술을 위해 9시간 이상은 속을 비워야 했기 때문에 야옹이를 포획하여 케이지 안에 갇혀 두었더니 두 눈을 동그랗게 뜨고 겁에 질려 꺼내 달라고 울부짖었다.

자유롭게 다니던 녀석을 케이지 안에 가두어 두는 것은 못할 짓이었다. 그나마 다행인 것은 같이 다니던 수컷 고양이가 케이지 옆에 앉아서 야옹이를 위로하듯 함께 있어주는 모습이 야옹이에게도 나에게도 위안이 되었다.

수컷과 달리 암컷의 수술은 까다롭다고 하는데 야옹이가 잘 견뎌줄지도 걱정이 되었다.

가끔 마취에서 깨어나지 못하는 경우도 있다고 하는데 좋은 일을 한다고 생각하며 한 행동이 혹여나 야옹이에게 나쁜 결과가 나올까 싶어 노심초사히였다.

'약한 몸으로 잘 이겨낼 수 있을까. 혹시, 믿었던 사람이 자신을 아프게 하였다는 배신감에 다시는 우리 집에 오지 않으면 어쩌나' 싶은 마음도 들었다. 다행히 야옹이는 수술을 잘 견뎌내고 포획되었던 곳으로 돌아왔다. 케이지 안에서 축 늘어져있던 야옹이의 이름을 부르는 순간

"야옹 야아 옹!"

알아듣기라도 한 듯 벌떡 일어나 힘차게 울어대기 시작했다.

"그래그래 미안하다. 고생했어. 잘 참아냈구나."

이제 상처가 아물고 나면 다시는 힘들게 새끼를 갖지 않아도 된다는 것에 마음이 편안해졌다. 그런데 야옹이가 비틀대며 케이지에서 나왔을 때 귀를 보고 너무 놀랐다.

TNR을 거친 고양이는 중성화했다는 표시로 왼쪽 귀를 조금 자른다는 것을 들어서 알고 있었지만 막상 눈앞에서 보니 많이 아팠겠다는 생각에 속상하였다. 귀를 자르지 않고도 표식을 나타낼 수 있는 방법은 없는 것일까?

태풍 13호 '링링'이 한반도에 상륙했을 그 무렵이었다. '야옹이'가 실종된 것은…

오래도록 같이 보며 함께 살아가고 싶었던 녀석은 나의 마음을 알고 있다는 듯 다른 고양이에 비해 애교도 많았고 영리하기까지 하였다.

외출했다 돌아와 주차장에 차를 대면 어디서 나타났는지 계단을 콩콩콩 내려와서는 늘 기다리던 적당한 장소에서 나를 만나 함께 계단을 오르곤 하였다.

마당에 매여져 있는 진돗개 '여진이'는 씩씩거리며 질투를 하고 그 모습을 비웃기라도 하는 듯 도도하게 꼬리를 치켜세우고 야옹이는 계단을 사뿐사뿐 올랐다.

다른 낯익은 길고양이들은 사료를 먹으러 집을 드나드는데 온종일 집 주변에 있던 야옹이만 보이지 않는다는 것은 문제가 생긴 것이 분명했다.

길고양이의 특성상 수컷들은 영역 싸움에서 밀리면 집을 떠나는 일이 종종 있었다. 그러나 암컷들은 영역 문제에서는 자유로웠기에 집안에 설치된 CCTV에 녹화된 영상을 돌려보았다.

영상 속의 야옹이는 새벽녘에 챙겨준 사료를 먹고 거실 데크 쪽에 와서 토하는 모습이 찍혀 있었다. 그리고는 어디론가 화면 밖으로 사라지는 야옹이.

함께 오래 살고 싶어서 시킨 중성화 수술이 잘못되었나? 그래서 토한 것은 아닌가 싶은 생각에 미안하고 불편한 마음이 들었다. 차라리 그냥 두었으면 더 오래 살 수 있었는데 나의 오지랖 때문에 생명을 단축시킨 것은 아닌가 싶은 후회도 있었다.

그러면서도 한편으로는 태풍을 피하러 어떤 장소에 들어갔다가 바람에 문이 닫혀 갇힌 것은 아닌가 하는 생각도 들었다. 몇 해 전에 그렇게 갇힌 고양이를 구해준 적이 있었기 때문이다.

야옹이를 부르며 사 나흘을 동네를 돌아다녔다. 다른 길고양이들에게는 야옹이를 데려오지 않으면 밥을 주지 않겠다는 협박도 했다.

다시 돌아와만 준다면 야옹이를 위한 새집도 마련해 주어야겠다는 결심도 하며 애타게 야옹이를 불렀다.

시간이 지나도 돌아오지 않는 야옹이가 이제 죽었다는 생각에 우울하고 슬픈 마음으로 보름 정도 지난 어느 날이었다.

햇볕이 따뜻하게 들어오는 거실에 앉아 신문을 뒤적이고 있는데 걸걸한 음성의 고양이 울음소리가 다급하게 들려왔다. 귀 잘린 고양이 아! 야옹이었다.

"너… 어디 갔다 왔니? 살아있었구나. 어머 이게 꿈이냐? 생시냐? 고맙다 고마워 살아 있어줘서 정말 고맙다."

맨발로 뛰쳐나가 반기는 나의 말을 알아들었는지 녀석도 격하게 나의 몸에 비벼대며 울부짖기 시작했다.

"냐옹~ 야~~아옹 냐~옹…."

무슨 일이 있었는지 야옹이의 목소리는 걸걸하게 쉬어 있었다.

잠시도 떨어지지 않겠다는 듯 다리 밑으로 발을 핥으며 어쩔 줄 몰라하는 야옹이와 나는 한참을 그렇게 상봉의 기쁨을 나누었다. 만약 어딘가에 여태껏 갇혀 있었다면 애타게 찾는 나의 목소리를 들은 야옹이는 얼마나 애가 탔을까.

그 사건 이후 더욱 각별해진 야옹이와 나 사이는 다른 길고양이들의 부러움을 샀다.

지금은 통통하게 살이 오르고 목소리도 예전으로 돌아온 야옹이.

'야옹아, 나는 지금도 너의 보름 여동 안의 행적이 무척 궁금하단 다.'